L'EMPIRE DES AURAS

Nadia Coste

L'EMPIRE DES AURAS

SEUIL

ISBN : 979-10-235-0695-2

www.seuiljeunesse.com

Conforme à la loi n° 49-956 du 16 juillet 1949
sur les publications destinées à la jeunesse.

À Olivier

PREMIÈRE PARTIE

1. Rentrée

Chloé ne voulait pas changer. Bien sûr, comme toutes les filles de quinze ans, elle aurait volontiers modifié quelques détails de son apparence physique. D'abord ses seins, qu'elle trouvait trop petits pour attirer l'attention des garçons. Ses hanches aussi, trop larges à son goût. Ou son ventre, pas assez plat. Un bon coiffeur lui aurait conseillé de friser ses cheveux châtains, d'une banalité affligeante, trop raides pour être à la mode en 2059. Et, si sa mère le lui avait permis, elle aurait dissimulé ses yeux marron sous des lentilles bleutées.

Elle soupira en s'examinant dans le miroir, entreprit de nouer ses cheveux en une tresse un peu lâche, de passer sa frange au fer pour lui donner le bombé qui cacherait les boutons sur son front et de s'entourer le cou du grand foulard façon chèche que tous les ados de son âge portaient en ce moment.

Une fois que son reflet lui sembla acceptable, Chloé attrapa son téléphone portable, choisit l'option appareil photo avec l'appli Aura et prit un selfie en tenant l'appareil à bout de bras. Trois photos s'affichèrent côte à côte : sur la première, la jeune fille apparaissait sans retouches. Sur la deuxième, une lumière bleutée irradiait des contours de son corps. Et, enfin, la troisième ne laissait voir que sa silhouette, entièrement colorée par un halo d'énergie invisible à l'œil nu. Son aura, d'un bleu profond, émanait de chaque cellule de son corps. On ne distinguait ni ses yeux ni sa bouche. Seulement le flot coloré révélé au grand jour par les recherches des médecins dans les années 2020.

Chloé sourit. S'il y avait bien une chose dont elle était fière, c'était la parfaite couleur bleue de son aura.

Le stress de la rentrée lui tordit soudain le ventre. Au collège, elle avait passé quatre années entourée d'auras bleues, comme elle. Mais ses résultats scolaires ne lui avaient pas permis d'intégrer un lycée d'élite, et, depuis que son père avait perdu son travail, ses parents n'avaient pas les moyens de l'envoyer dans le privé. Alors elle se retrouvait condamnée au lycée public, mixte, où la racaille des auras rouges pullulait.

« Ça va aller », se convainquit-elle intérieurement en essuyant ses mains moites sur son pantalon.

Avec un dernier soupir adressé au miroir, elle attrapa son sac alourdi de fournitures scolaires neuves et quitta sa chambre.

Chloé était bien trop nerveuse pour petit-déjeuner, mais elle savait que si elle n'emportait rien à grignoter dans la matinée, elle ne tiendrait pas jusqu'à la cantine. Elle passa donc par la cuisine.

Son père était déjà parti pour un de ses rendez-vous avec les agents de reclassement qui tentaient de l'aider dans sa recherche d'emploi. Sa mère, penchée sur sa tablette, ajustait la mise en page des tracts de l'association dont elle gérait la communication.

– Bonjour, maman.

Elle se tint immobile le temps que sa mère dégaine son smartphone. Chloé était soumise à ces scans quotidiens depuis toujours. Sa mère lui avait raconté tous les faits divers où des enfants, qui avaient basculé dans la nuit, avaient éliminé leur famille au matin. Pas question de prendre un tel risque chez les Fournier.

Mais, plus Chloé grandissait, plus elle perdait patience. Sa mère ne pouvait-elle pas lui faire confiance ? Aussi bien pour la stabilité de son aura que pour sa santé mentale ? Jamais elle ne ferait quelque chose d'aussi horrible !

Les yeux de la jeune fille passèrent sur les gros titres du tract, où l'on pouvait lire « Rouge est la couleur du péché », « Rester pur par la prière » ou encore « Oui aux quartiers d'isolement ». L'association, ouvertement religieuse, voyait l'appli Aura comme un outil donné par Dieu pour connaître la ligne de conduite à adopter. Ils organisaient des ateliers prières et méditation une fois par semaine, et leur taux de résultat très encourageant – une seule bascule en deux ans – confortait Mme Fournier dans son militantisme antirouges.

Une fois que cette dernière se fut assurée que l'aura de Chloé n'avait pas changé pendant la nuit, elle lui répondit enfin :

– Bonjour, ma chérie.

Avant de l'embrasser sur la joue.

Chloé ne partageait pas l'extrémisme religieux de sa mère, mais elle comprenait que la peur des plus vertueux les pousse à se réfugier dans la prière. Tant qu'aucun médecin n'aurait réussi à identifier les raisons de la bascule, ce moment où une aura bleue devenait rouge, il ne fallait négliger aucune piste.

Chacun naissait avec une aura d'un blanc cotonneux qui se teintait peu à peu de bleu dans les premières années de la vie. Il arrivait parfois que des enfants ne restent bleus qu'un jour ou deux avant de basculer définitivement du côté rouge. Certaines personnes réussissaient à rester bleues toute leur vie. D'autres voyaient leur aura se modifier en vieillissant, celle-ci se teintant parfois de touches violettes comme si elle avait commencé à basculer puis se stabilisait.

Personne n'était capable d'expliquer les changements, mais tout le monde était conscient de deux faits :

Fait numéro un : la très grande majorité des personnes en prison, les meurtriers, les voleurs, les terroristes, etc., avait l'aura rouge.

Fait numéro deux : une fois l'aura devenue entièrement rouge, plus aucune fluctuation d'aucune sorte ne la touchait. La bascule était définitive.

Le seul cas d'aura rouge redevenue bleue datait des premières années de recherches, et l'histoire de Ferdinand Milnot se classait maintenant parmi les mythes et autres contes auxquels seuls les jeunes enfants accordaient du crédit.

Chloé cala une pomme dans son sac et fouilla dans le placard en quête d'une barre de céréales. Pendant ce temps, sa mère lui donnait ses derniers conseils pour la journée :

– N'oublie pas, ma chérie : les auras rouges en liberté sont des bombes à retardement. Tu ne sais jamais quand elles vont exploser, mais, crois-moi, elles exploseront un jour. Ce n'est pas parce que tu vas dans un lycée mixte que tu dois les fréquenter.

– Bien sûr, maman.

Chloé écoutait les mises en garde d'une oreille distraite. Sa mère avait sans doute raison quant à la dangerosité des auras rouges, mais comment pourrait-elle le savoir si elle ne s'en approchait jamais ? Elle arrivait à un âge où elle avait envie de se faire sa propre opinion sur le monde. Et quel meilleur endroit qu'un lycée, plein de professeurs et de surveillants qui garantiraient sa sécurité, pour observer les rouges par elle-même ?

Chloé avait beau savoir tout le mal qu'avaient commis les auras rouges au cours des quarante dernières années, elle se demandait s'il n'y avait pas d'autres raisons à leurs actes. Si la couleur de leur aura justifiait tout.

– C'est sérieux, Chloé ! Tu es tellement naïve… Tu ne dois pas te comporter comme l'autre jour au supermarché !

Chloé leva les yeux au ciel. Il n'était rien arrivé. Elle avait juste choisi de passer aux caisses automatiques parce qu'il y avait moins de monde. Sa mère avait piqué une crise en l'apprenant.

– Les vigiles chargés de la sécurité des caisses automatiques sont rouges ! Comment peut-on espérer qu'ils appliquent les lois ? Tout le monde sait qu'ils sont du côté des voleurs ! Et que vont penser les gens s'ils te voient passer là, à ton avis ?

– Ça m'a servi de leçon, maman, je ne le ferai plus.

– Bien. Scanne tout le monde et tu éviteras les problèmes. Comme moi.

– Hum, hum.

– Si un rouge cherche à te racketter, ou ose t'adresser la parole, dis-le-moi tout de suite. Ils sont capables de déguiser leurs vices derrière de jolies phrases, mais ne te laisse pas embobiner : ils sont mauvais. Et, si tu les écoutes, tu risques de devenir comme eux... Même si je suis toujours horrifiée qu'on laisse ces gens-là donner leur sang, la contagion ne vient pas du toucher, mais de leurs idées et de leur façon perverse de voir le monde.

– Ne t'inquiète pas, maman. Ça va aller.

– Ne parle qu'à des bleus.

– Promis.

Chloé marcha jusqu'à l'arrêt du tram en regardant régulièrement sa montre. Pas question d'arriver en retard le premier jour !

Sur le tronçon du quai réservé aux auras rouges, le petit vieux qui avait basculé après la mort de son chat – les rumeurs disaient qu'il l'avait empoisonné – tournait son chapeau entre ses mains d'un air soucieux. Chloé vérifia qu'elle n'avait pas oublié sa carte d'abonnement, trouvant ainsi une bonne raison de ne pas croiser le regard de son voisin. Heureusement, aucun autre criminel potentiel ne se trouvait sur le quai à cette heure-ci.

Elle s'engagea sous le portail de scan, qui ressemblait à s'y méprendre à un simple détecteur de métal tel qu'on pouvait en trouver dans les aéroports. L'appareil la laissa passer avec le bip de confirmation habituel tandis que la diode qui surplombait le portail virait au bleu. Chloé pénétra dans le sas vitré à l'aspect protecteur. Aucune aura rouge ne pouvait l'approcher ici. Elle échangea un sourire avec un jeune couple d'origine asiatique qui avait emménagé récemment dans le quartier. Plus loin, sous le panneau qui annonçait le temps d'attente, une mamie toute pomponnée discutait à voix basse avec une femme deux fois plus jeune qu'elle, aux bras couverts de tatouages.

Chloé dut tourner la tête du côté des rouges pour voir le tram arriver. Le véhicule comptait huit modules articulés. La séparation centrale n'était pas visible depuis l'extérieur, mais il était impossible de circuler d'un bout à l'autre de la rame : chaque groupe devait se contenter de ses quatre compartiments. Ceux de tête, d'un bleu terni par le soleil, semblaient bien plus propres que ceux de queue. Cela venait sans doute de l'abondance de tags qui cachaient la peinture rouge ou des vitres rendues entièrement opaques par les coups de couteau. Sans parler des traces douteuses qui avaient dégouliné à certains endroits.

N'importe qui pouvait monter à l'arrière. Y compris les familles mixtes qui ne voulaient pas se séparer le temps du trajet. Chloé tenta de se rappeler si elle avait déjà vu de ses propres yeux un bleu du côté rouge, puis renonça, s'installant au fond de son compartiment. La séparation était tellement ancrée dans les mœurs que toute personne sensée l'appliquait.

Du côté bleu du tram, les gens lisaient, parlaient à voix basse, tripotaient leur téléphone ou écoutaient de la musique. Une mère essayait de calmer une petite fille de trois ans, en larmes, aux couettes impeccables.

« Premier jour d'école », se dit Chloé, un sourire aux lèvres, fermant les yeux pour se laisser bercer par le chuintement léger du tram.

À la station du Parc-Relais, l'ambiance changea un peu. Une poignée de personnes monta côté bleu, tandis que l'arrivée massive de lycéens secouait les compartiments rouges. Des cris, rires, gestes obscènes et autres insultes jaillirent alors que le tram redémarrait.

« Allez, encore trois arrêts », s'encouragea Chloé.

Elle chercha vainement un visage connu, mais aucune de ses amies du collège n'aurait eu de raisons de se trouver là. Leurs dossiers, leurs dérogations, leurs options ou la situation financière de leurs parents leur avaient permis d'intégrer des lycées plus prestigieux que le sien.

Le tram passa devant le poste de police, la médiathèque, puis s'arrêta à quelques mètres des grilles du lycée.

Chloé descendit et se mêla à la foule qui franchissait les portiques de sortie, sans réaction de la part des scans. Quelques minutes plus tard, auras rouges et bleues ne formaient plus qu'un bloc hétérogène de grands adolescents. Certains fumaient d'un air décontracté. Des filles gloussaient comme des pintades. Chloé se sentit très seule, malgré le monde qui l'entourait.

Elle fit semblant de savoir où elle allait en se laissant entraîner par le mouvement. Les lycéens convergeaient vers le portail de scan à l'entrée de l'établissement. Chloé, attentive et curieuse, observa la diode virer au rouge ou au bleu en fonction de la personne qui passait dessous. Elle fut rassurée de voir qu'elle n'était pas la seule dans son cas, mais, lorsque son tour arriva, elle sentit les regards méprisants des auras rouges qui la jugeaient.

« Ignore-les, se dit-elle en accélérant le pas. Ils sont jaloux. »

Une fois à l'intérieur, sous le préau, il lui sembla retrouver un relatif anonymat au milieu du brouhaha ambiant. Mais, déjà, certains sortaient leur smartphone et scannaient les lycéens autour d'eux. Chloé fit pareil, dans un réflexe de protection. Elle enclencha la fonction vidéo, avec le filtre de l'aura, et balaya la pièce, son téléphone brandi à bout de bras. Des petits groupes se formaient derrière les piliers, bleus avec bleus, rouges avec rouges. Plusieurs groupes mixtes, assis contre les murs, semblaient faire exception. Des surveillants fronçaient les sourcils en faisant signe à quelques élèves d'éteindre leurs portables.

Soudain, cinq ou six adultes, visiblement membres de l'équipe pédagogique, franchirent une lourde porte et se placèrent bien en vue des élèves, qui se turent les uns après les autres en rangeant leurs smartphones. Un petit homme chauve se racla la gorge et déclara d'une voix nasillarde :

– Bonjour à tous. Je suis votre proviseur, monsieur Vanier. Je suppose que vous avez déjà pris connaissance de la répartition de vos classes, sur Internet. Vos professeurs principaux vont venir vous chercher. Mais, avant de commencer cette nouvelle année scolaire, j'aimerais rappeler quelques règles élémentaires de ce lycée : il est formellement interdit de fumer, vapoter ou stiller dans l'enceinte de l'établissement ; toute absence et tout retard doivent être justifiés auprès d'un surveillant ou de Mme Delatre, votre CPE ; l'utilisation de téléphone portable en classe sera sanctionnée par la confiscation immédiate de l'appareil ; et, dernier point : quiconque sera vu en train de scanner l'un de ses camarades ou professeurs s'exposera à une suspension temporaire voire définitive de l'établissement.

Chloé sentit un long courant glacé la traverser. Comment saurait-elle si elle était en sécurité si elle ne pouvait scanner ni ses professeurs ni ses camarades ? Les mises en garde de sa mère lui conseillant de scanner tout le monde pour éviter les problèmes lui revinrent à l'esprit comme une consigne vitale qu'elle ne pouvait pas suivre.

« D'accord pour me faire ma propre opinion, pensa-t-elle, mais seulement si je ne crains rien ! »

– Ce lycée est un lieu mixte, continuait le proviseur, où chacun doit pouvoir se sentir libre de circuler sans être jugé sur la couleur de son aura, celle de sa peau, son groupe ethnique, son orientation sexuelle ou ses choix religieux. Aucune exception ne sera tolérée. J'espère que le message est clair.

Il marqua un temps d'arrêt pour dévisager quelques élèves. Chloé se passa une main sur la figure, de plus en plus mal à l'aise.

« Pourquoi met-il la couleur de l'aura au même niveau que la couleur de la peau ? » se demanda-t-elle, perdue.

Cela faisait bien longtemps que le racisme avait disparu. Depuis que les portails de scan avaient été installés sur tous les bâtiments publics et que chaque smartphone était équipé de l'appli Aura.

Même les guerres de religion avaient cessé, tous les cultes s'accordant sur le fait que les auras rouges symbolisaient le mal présent en chaque homme, quel que soit le dieu qu'il priait.

« Qu'est-ce que c'est que cet endroit ? »

Elle avait l'impression d'avoir été parachutée sur une autre planète. Elle avait supposé que le monde n'était pas seulement ce qu'elle voyait à la télé ou ce que ses parents lui racontaient, mais elle ne s'attendait pas à ce que toutes ses valeurs soient balayées aussi vite.

– Je vous souhaite à tous une excellente année scolaire, conclut M. Vanier.

Il passa la parole à Mme Delatre, qui indiqua aux classes de première et de terminale les numéros des salles où commençaient leurs cours. Aussitôt, deux cents adolescents s'ébranlèrent bruyamment vers les escaliers et disparurent dans les étages. Chloé restait entourée des élèves de seconde, très tentée par l'idée de faire demi-tour pour retourner dans le cocon protecteur au sein duquel elle avait grandi.

Mais M. Plot, le professeur principal de la seconde 2, appela son nom et, avant qu'elle ne comprenne comment, ses pieds la poussèrent à suivre les autres élèves. Ses questionnements sur les auras de ses nouveaux camarades lui revenaient sans cesse tandis qu'elle arpentait les couloirs pour atteindre la salle de classe.

« Si seulement je pouvais les scanner… »

L'avertissement du proviseur avait suffi à la dissuader. Se faire confisquer son portable serait pire que se faire couper un bras. Pas question de prendre ce risque. Et une exclusion dynamiterait encore plus son dossier scolaire. Elle éteignit son smartphone, bien décidée à être une élève modèle dans ce lycée étrange.

Chloé trouva un bureau libre dans la salle d'histoire-géo de M. Plot et s'assit en songeant à tous ces hypocrites qui prônaient la mixité.

« Ils doivent quand même être bien contents que la population ne se divise plus qu'en deux groupes. »

La découverte des auras avait eu lieu presque par hasard, lors des premiers essais de scanners spectraux à comptage phonique. Les médecins menés par le Pr Debon détectaient les lésions grâce à un produit de contraste injecté dans le corps du patient, comme pour les habituels scanners en noir et blanc, mais en utilisant un résultat de nuances colorées bien plus précises. Toute l'équipe avait été sous le choc en s'apercevant que chaque particule du corps humain dégageait déjà un flux coloré, indétectable à l'œil nu, ce qu'ils n'avaient jamais constaté lors des protocoles de tests sur les animaux qui précédaient la mise en service des nouveaux scanners.

Le tout jeune Dr Peysson en avait fait son domaine de prédilection, révélant au grand public cette aura que chacun portait en soi. Mais l'opinion publique ne s'y était intéressée que distraitement. Il y avait eu une mode, une application pour se scanner, et puis c'était tombé dans l'oubli.

Le Dr Peysson, lui, avait continué ses recherches, notamment dans les prisons. En 2025, il prouva que la plupart des personnes incarcérées présentaient une aura rouge, tandis que les prisonniers à l'aura bleue clamaient leur innocence pour que leur dossier soit réexaminé. Cela instilla le doute dans l'esprit du grand public qui finit par réagir : les auras rouges qui vivaient au milieu des bleues furent observées avec méfiance, puis avec hostilité.

La séparation s'était faite en quelques années sous l'impulsion d'un gouvernement adepte du principe de précaution. Aucun président n'affirma officiellement que les rouges étaient mauvais par nature, mais l'idée était là.

Chloé n'avait jamais remis en question ce système où tout était fait pour la protéger. Elle n'avait côtoyé qu'une poignée d'auras rouges depuis qu'elle était petite. Si elle ne tenait pas compte des passants et autres commerçants croisés çà et là, la dernière aura rouge à qui elle avait adressé la parole devait être son vieux voisin.

« Et encore, c'était avant qu'il ne tue son chat… Il était bleu, à l'époque. »

Une grande métisse se planta soudain devant elle en souriant. Ses dents du bonheur lui donnaient un air sympathique. Chloé envia aussitôt ses magnifiques cheveux, frisés jusqu'aux épaules.

– Je peux me mettre là ?

L'avertissement de sa mère répétant « Ne parle qu'à des bleus » tourna en boucle dans l'esprit de Chloé, renforçant sa vigilance. Et, en même temps, une petite voix lui soufflait : « Les rouges ne sont peut-être pas tous mauvais ? »

– Heu… oui, bien sûr, bredouilla-t-elle, troublée de ne pas pouvoir scanner sa camarade.

– Bonjour à tous, déclara M. Plot tandis que les derniers élèves s'asseyaient. Pour commencer, vous allez plier un quart de feuille en deux pour y inscrire votre prénom, et vous le placerez bien en vue sur votre bureau.

Vingt-cinq mains plongèrent aussitôt dans les sacs.

2. Les garçons

À la fin du cours, la nervosité de Chloé était à son comble. Venait-elle de passer une heure assise près d'une aura rouge ? À un moment, son coude et celui de sa voisine – Jodie – s'étaient même touchés ! Chloé s'était retenue de sursauter mais son cœur battait à toute allure depuis.

La sonnerie retentit, marquant l'intercours. La jeune fille se leva pour ranger ses affaires dans son sac et, n'y tenant plus, elle s'excusa auprès de sa voisine en sortant son téléphone portable :

– Ça t'ennuie si je te scanne ?

Jodie sourit.

– J'allais te le demander !

Elles s'éloignèrent dans le couloir avant de se prendre en photo en même temps, chacune tenant son téléphone à bout de bras. L'angoisse de Chloé retomba d'un coup quand elle découvrit la silhouette bleutée de Jodie. Ses barrières de protection disparurent aussitôt.

– Tu sais, je n'ai rien contre les rouges, déclara Jodie. Mais j'aime bien savoir à qui je parle.

– Moi aussi, renchérit Chloé.

Mais ce n'était pas totalement vrai : avec tout ce que lui avait raconté sa mère sur les auras rouges, et tout ce qu'elle voyait dans les médias ou sur les réseaux sociaux, elle éprouvait une fascination mêlée de crainte à leur sujet.

Heureusement, l'aura de Jodie brillait d'une douce nuance turquoise, claire et rassurante.

Les deux filles sympathisèrent le plus naturellement du monde en marchant jusqu'à la salle de SVT, où elles s'assirent côte à côte. De larges paillasses en céramique blanche faisaient office de bureaux. Elles déposèrent le papier plié avec leur prénom à l'attention du nouveau professeur, un cinquantenaire bedonnant à l'accent du Sud.

– Nous avons un programme chargé, cette année, annonça celui-ci une fois que tous les élèves furent installés. Alors entrons directement dans le vif du sujet. Notre premier cours concerne la question des manifestations de l'aura chez les animaux.

Il afficha le schéma détaillé d'un corps humain sur le tableau numérique.

– Nous allons nous intéresser à une glande, située chez l'homme entre le cou et le thorax, sous la thyroïde : le thymus.

Avec sa règle, il indiqua la zone qu'il venait de mentionner.

– Les Grecs pensaient que c'est dans cette glande que se cachait l'âme… et les premières études sur les auras ont confirmé que le thymus réagissait effectivement aux fluctuations des couleurs de l'aura au cours de la vie. Quelques rares personnes naissent sans thymus. Cela ne les empêche pas de vivre, mais les expose à des maladies du système immunitaire. Notons que ces personnes dégagent tout de même une aura, nous ne pouvons donc pas affirmer que le thymus est seul responsable de la couleur de celle-ci.

Plusieurs élèves portèrent la main à leur poitrine, comme s'ils voulaient sentir la présence de cet organe en eux.

Le professeur appuya sur un bouton de la télécommande, et le schéma du corps humain fut remplacé par celui du système immunitaire du poisson.

– On retrouve la même glande chez de nombreux animaux, dont certains poissons. Voyons donc ce qu'elle dissimule !

Le professeur posa un aquarium sur la paillasse devant lui. Un mérou y nageait tranquillement.

– Sortez vos téléphones portables, ordonna le professeur, scannez ce poisson et dites-moi de quelle couleur est son aura.

Chloé obéit aussitôt, trop heureuse d'avoir le droit d'utiliser son smartphone. Elle scanna le poisson et son écran indiqua une erreur, comme tous ceux de ses camarades.

Quelques rangs devant elle, deux garçons plutôt mignons ne dirigèrent pas leur smartphone vers l'aquarium, mais vers le prof de SVT. Ils profitèrent de ce que celui-ci écrivait au tableau pour se lever et montrer l'écran de leur téléphone à l'ensemble de la classe.

– Le prof a l'aura rouge ! bredouilla Chloé, mal à l'aise, tandis que les garçons se rasseyaient.

Jodie confirma d'un signe de tête.

– C'est le cas de beaucoup, ici, d'après ma sœur. Il paraît que c'est pour ça que Vanier ne tolère pas les scans : il ne veut pas que l'autorité des profs soit remise en question…

Une voix venant de la paillasse derrière celle des filles se glissa soudain dans la conversation chuchotée :

– Moi, j'aime autant que les profs soient rouges. Au moins, ça nous laisse un peu d'espoir pour notre avenir.

Chloé et Jodie se retournèrent. Le garçon qui avait prononcé ces paroles portait les cheveux coupés ras et un fin collier de barbe. Son blouson en cuir noir lui donnait un air de voyou, mais son regard doux et son sourire mettaient en confiance. Trois lettres, écrites au marqueur, remplissaient le papier plié sur un coin de sa paillasse : « Ben ».

Son voisin, Florent, avait un look plus discret. Il portait un pull à capuche, propre, sans fantaisie, et une coupe de cheveux impeccable, bien dégagée derrière les oreilles. Il avait l'allure timide du garçon qui ne veut pas déranger.

Florent lança son coude dans les côtes de Ben.

– Arrête, tu vas attirer des ennuis à ces demoiselles.

Le professeur interpella alors celui qui venait de parler :

– Bertin ? Quelque chose à partager avec la classe ?

Les joues de Florent devinrent écarlates. Il baissa le nez et les filles se retournèrent, électrisées par la voix réprobatrice.

– Bien. Puisque les travaux pratiques sont toujours plus parlants que la théorie, reprit le prof, je vous propose une petite dissection.

Il désigna quelques élèves pour distribuer les plateaux garnis de poissons.

– Super, marmonna Jodie.

Ben commenta :

– Non, mais ça ça va. Dans mon collège, ils nous avaient fait disséquer un œil de bœuf ! Dégueu !

– Il paraît que l'étape d'après ce sera les blattes, affirma Florent, galvanisé par son ami.

Chloé n'osa pas demander ce qu'était une blatte, mais l'idée de devoir ouvrir une bestiole pour en observer les organes la dégoûtait autant que les autres.

L'ensemble des élèves profitait de l'agitation générale pour échanger quelques mots et, bientôt, un énorme brouhaha enfla.

Chloé vit même les garçons qui avaient scanné le professeur coller quelques boulettes de papier mouillé dans les cheveux des filles devant eux.

– Ces deux-là sont des crétins, déclara-t-elle à Jodie qui approuva d'un hochement de tête.

– Et dire qu'ils ont une parfaite petite aura bleue, soupira Ben.

– Ah bon ?

Chloé, curieuse, recula sa chaise pour se rapprocher du bureau de Ben et de Florent tandis que le professeur tentait de ramener le calme. Ben remonta les manches de son blouson et se pencha sur sa paillasse. Son visage arriva tout près de celui de la jeune fille tournée vers lui.

– Je les connais bien, ces deux-là : Jason et Freddy. Ils vivent dans mon quartier… et quand ils font des conneries, devine sur qui ça retombe ?

Il se désigna du doigt, en concluant :

– L'aura rouge de service.

Ben lui fit un clin d'œil qui empourpra les joues de Chloé. Elle ravança sa chaise d'un coup dans un crissement strident. Elle avait oublié sa vigilance à cause de Jodie et en avait perdu de vue le risque

que représentaient les auras rouges autour d'elle. Ils ne valaient pas beaucoup mieux que des animaux. Ils pouvaient se laisser déborder par leurs pulsions et se mettre à tuer tout le monde sans raison. Du moins, c'est ce que disait sa mère. Elle entendit à nouveau les mises en garde du matin : « Ils sont capables de déguiser leurs vices derrière de jolies phrases, mais ne te laisse pas embobiner : ils sont mauvais. »

Pour la première fois, elle ne s'était pas méfiée. Elle avait parlé à Ben en supposant qu'il était bleu, lui aussi.

« Maman a raison de me trouver naïve ! À peine deux heures dans un lycée mixte et j'oublie déjà les principes de précaution élémentaires ! »

Mais les avertissements de sa mère sonnaient de moins en moins juste à mesure que Chloé côtoyait les autres lycéens. Comment quelqu'un à l'aura rouge pouvait être aussi sympa, tandis que des bleus se comportaient comme des imbéciles ?

« Il doit y avoir une erreur. Ben me fait marcher, ce n'est pas possible autrement. »

Chloé tenait encore son smartphone à la main. Elle profita de l'agitation générale pour scanner Freddy et Jason, les deux garçons idiots qui gloussaient de leurs mauvaises blagues : bleus.

Avant de ranger son portable, elle se retourna d'un coup et lança, le cœur battant :

– Souriez !

Ben et Florent posèrent côte à côte : le blouson noir croisa les bras pour avoir l'air encore plus viril, et son ami se tint le menton avec un air exagérément pensif.

« Florent n'est pas si timide que ça, finalement », se dit Chloé avec un sourire.

– Mademoiselle ! Chloé Fournier ! Nous ne sommes pas en séance photo, ici ! Maintenant que tout le monde a constaté que les réglages de nos scans ne sont pas adaptés aux animaux, vous pouvez ranger vos téléphones. Et vous concentrer sur cette question : « Si on ne voit pas l'aura d'un être vivant, en est-il dépourvu pour autant ? »

La menace d'une confiscation ou d'un renvoi rappela la jeune fille à l'ordre. Elle fit mine de ranger l'appareil. Mais, avant que celui-ci ne disparaisse complètement dans son sac, elle regarda la photo et vérifia les auras de Florent et de Ben.

« Rouges. Tous les deux. »

Pendant le reste du cours, elle s'efforça de ne pas se retourner, mais la tentation était forte.

« Maman dit toujours que c'est de la prévention… qu'en évitant les auras rouges on évite les problèmes… mais elle n'en fréquente pas vraiment. Peut-être que je peux laisser le bénéfice du doute à ces deux-là ? Après tout, Jodie n'a pas l'air d'en avoir peur… »

Ben, Florent ou Jason et Freddy ne semblaient pas différents des garçons qu'elle avait fréquentés dans son collège réservé aux bleus. Il y avait des sympas. Et des abrutis finis. Elle n'avait jamais fait le rapprochement avec la couleur de l'aura. Pour elle, leur comportement venait avant tout du fait qu'il s'agissait de garçons. Elle fouilla dans ses souvenirs. Avait-elle rencontré des types bêtes et méchants au cours de sa scolarité ? Oui, bien sûr. Au moins Yann Burda, qui lui tirait les tresses à la maternelle, arrachait la queue des lézards et se vantait toujours de voler des bonbons à la boulangerie. Il était resté dans sa classe jusqu'en troisième, avec son aura bleue de premier communiant. Chloé n'aurait pas été surprise d'apprendre qu'il avait fini par basculer mais, aux dernières nouvelles, il était toujours bleu.

Malgré leur aura rouge, Ben et Florent ressemblaient moins à des criminels potentiels que Yann Burda.

Quand la sonnerie retentit, Jodie lui demanda si elle déjeunait au self, elle aussi. Chloé acquiesça, ravie de la présence de cette camarade qui pourrait rapidement devenir une amie.

– Les garçons, vous mangez avec nous ? proposa Jodie d'une voix enjôleuse.

Le cœur de Chloé se mit à cogner dans sa poitrine. Elle réussit à sourire à Florent mais, quand elle croisa le regard de Ben, sa gêne lui fit détourner les yeux.

– On ne refuse pas une si charmante compagnie, décréta le blouson noir.

Il empoigna son ami par le bras, ne lui laissant pas vraiment le choix.

* * *

Sur les plateaux en mélamine imitation bois du self, aucun élève de seconde 2 n'avait touché aux sardines de l'entrée, trop semblables aux mérous disséqués le matin même.

Ben parlait fort et faisait rire toute la table :

– Et là, j'ai dit à mon vieux : « Non mais, ça va, c'est un porno gentil ! », eh ben, croyez-le ou pas, il ne l'a pas supprimé de l'ordinateur.

– C'est parce que ton père va le mater quand tu seras endormi, ouais !

– Ah ouais ? Avec ta mère, alors !

Ben et Florent se taquinaient en se lançant du pain. En plus de Chloé et de Jodie, deux brunettes qui connaissaient les garçons depuis le collège avaient rejoint la bande. Alice et Sophie avaient toutes les deux l'aura rouge, ce qui ne semblait pas déranger Jodie, mais mettait tout de même Chloé mal à l'aise. Elle ne se résolvait pas à quitter le groupe pour se rapprocher des auras bleues qu'elle avait repérées. Malgré les recommandations de sa mère, ses premières constatations sur la fréquentation des auras rouges lui prouvaient qu'il s'agissait avant tout d'ados ordinaires. Des ados qui parlaient de sexe et lui donnaient l'impression de plonger dans un nouveau monde excitant. À aucun moment, elle ne sentait qu'ils cherchaient à « l'embobiner avec leurs jolies phrases », comme le craignait sa mère.

Sur les murs, des affiches prônant l'équilibre alimentaire alternaient avec des annonces de Manepma – « Mon aura n'est pas mon âme » –, une importante association militante pour l'intégration des rouges dans la société. Sur une des photos, on voyait deux filles s'embrasser ainsi que le slogan « Le changement n'est pas contagieux ».

Chloé observait Florent, Ben, Sophie et Alice en se demandant pourquoi chacun d'eux avait basculé. Mais ce n'était pas le moment de plomber l'ambiance avec ce genre de détails.

Ben la regarda soudain droit dans les yeux.

– Et toi, Chloé ?

Une bouffée de panique monta jusqu'à la gorge de la jeune fille.

– Comment sont tes parents ? continua Ben.

– Oh… l'horreur, bafouilla-t-elle. Ma mère est plutôt rigide, du genre à me scanner tous les matins « au cas où… », et mon père est un peu plus tolérant… du moment que je reste bleue.

Pour la première fois, elle réalisait à quel point la pression exercée par ses parents lui pesait.

– Bah, ils te lâcheront la grappe quand tu auras basculé, lança Alice en plaisantant à moitié.

Les yeux de Chloé s'agrandirent d'horreur. Comment pouvait-elle suggérer qu'elle allait basculer un jour ? Elle n'avait rien de mauvais en elle ! Elle faisait tout pour rester bleue depuis des années, et si ses parents se montraient exigeants c'était uniquement pour son bien !

Il n'était pas question qu'elle bascule. Et ce n'était pas ce lycée mixte ni ces ados rouges qui la feraient changer.

– Ne le prends pas mal, lui murmura Florent, à peine assez fort pour qu'elle l'entende. Alice pense juste à son expérience à elle, elle ne te souhaite pas la même chose.

Sa voix, douce et calme, apaisa la colère de la jeune fille, qui lui sourit sincèrement. Cette fois-ci, c'est lui qui détourna les yeux.

Ce Florent avait quelque chose d'insaisissable. Il pouvait fanfaronner, faire le malin avec Ben, mais sa timidité naturelle reprenait toujours le dessus, comme si tout le reste n'était qu'un rôle qu'il endossait.

Ben s'aperçut qu'il venait de se passer quelque chose entre son ami et la petite nouvelle à l'aura bleue. Il fit un signe – peu discret – à Florent, qui le stoppa net :

– Arrête tes conneries.

Ben leva les mains, mais son sourire s'élargissait toujours, annonciateur de problèmes à venir.

– Bon, moi, j'y vais, déclara Jodie. Faut que je passe aux toilettes.

Chloé en profita pour s'éclipser à son tour :

– Je viens avec toi.

Alice et Sophie s'en allèrent bientôt, elles aussi, laissant Florent et Ben seuls à leur table.

– Alors ? Elle te plaît, la nouvelle, hein ? demanda Ben. Beau cul, petits seins...

– Fous-moi la paix, grogna Florent.

– OK, alors si tu n'en veux pas, c'est moi qui prends « les choses » en main.

Ben fit mine de palper une poitrine imaginaire. Florent leva les yeux au ciel, sans réussir à masquer ses véritables sentiments. Oui, Chloé lui plaisait, mais il avait envie de la connaître un peu mieux avant de tenter une approche. Les films et les fantasmes, c'est différent de la vraie vie. Et des vraies filles de son âge.

– Il ne suffit pas de dire « Bonyour, ye viens réparer la photocopieuse », hein.

– Laisse-moi faire, et tu vas voir, assura Ben. Mieux que ça, je te parie que cette petite et moi on saute le pas d'ici à quinze jours.

– Depuis que t'es plus puceau, tu te crois le roi du monde, se moqua Florent.

– Alors ? Pari tenu ?

Ben tendit la main. Florent hésita puis finit par la serrer.

– Tenu. Je te parie que Chloé n'est pas assez bête pour craquer.

– On verra.

Ben lécha ses index et lissa ses sourcils, très sûr de lui.

Florent éprouva soudain un drôle de pincement au cœur. Peut-être n'aurait-il pas dû parier ? Peut-être que, maintenant, Ben ferait tout pour coucher avec Chloé… et qu'il n'aurait jamais sa chance !

« Si elle est assez faible pour se faire avoir par Ben, c'est qu'on n'aurait pas été bien ensemble », se rassura-t-il.

Mais, au fond de lui, il espérait vraiment que Chloé serait capable de voir clair dans le jeu de son meilleur ami.

3. Défi

Chloé écoutait de la musique dans le tram qui la ramenait chez elle à la fin de cette première semaine de cours. Sa découverte de la vie au lycée ne ressemblait pas du tout à ce quoi elle s'était attendue. Les auras rouges, en particulier, la déstabilisaient par leur normalité.

Ses écouteurs rivés dans les oreilles, elle observait les autres passagers de son wagon en se demandant ce qui les différenciait profondément de la mauvaise catégorie de la population.

Son attention fut attirée par un ado de douze ou treize ans qui paraissait étrangement nerveux. Son genou tressautait et ses yeux cherchaient autour de lui, comme s'il avait fait une bêtise et allait se faire interpeller au prochain arrêt. Ce n'était pas normal. Chloé fronça les sourcils en réfléchissant. Est-ce qu'il avait validé sa carte ? Elle ne s'en souvenait pas. Pourtant, personne ne fraudait jamais, côté bleu…

L'adolescent transpirait, maintenant.

Un doute affreux saisit Chloé : et s'il était en pleine bascule ?

Sous prétexte de changer de musique, elle fit glisser les icônes de son smartphone pour déclencher l'appli Aura en vidéo. Le halo de l'adolescent apparut, aussi bleu que le sien.

Ce n'était donc pas ça. Alors quoi ?

Au moment où elle allait rempocher le téléphone, elle vit le bras de la silhouette bleutée bouger sur l'écran, en direction de son voisin. L'ado prit quelque chose dans la poche de l'homme à côté de lui. Un portefeuille. Le tram ralentit à l'approche d'un nouvel arrêt, où le jeune voleur descendit. Sa victime ne s'était rendu compte de rien.

Chloé ne réfléchit pas : elle descendit à la suite de l'ado sans cesser de le filmer. Sur l'écran du smartphone, l'aura bleue irradiait toujours, sans fluctuation.

« Ce n'est pas possible ! pensa-t-elle. Si ce garçon était vertueux, il n'aurait pas volé ce portefeuille ! Mais alors pourquoi n'a-t-il pas l'aura rouge ? Et pourquoi ne bascule-t-il pas ? »

Elle le suivit un long moment, supposant que le changement de couleur prenait un peu de temps – les films surcolorisés dans lesquels la bascule était instantanée devaient relever de la fiction –, mais rien ne se passa : le voleur resta bleu. Il bifurqua dans un lotissement, et Chloé arrêta sa traque.

Elle pensa à Yann Burda. Elle avait toujours cru qu'il mentait quand il affirmait voler des bonbons à la boulangerie. Elle le lui avait même dit, un jour, en CP :

– Si tu voles, alors tu dois être rouge !

– Même pas vrai ! Je suis un gentil, moi ! Et je ne me fais pas prendre !

– La prochaine fois, la boulangère va t'attraper et te traîner par l'oreille jusqu'à ton père ! Tes fesses seront aussi rouges que ton aura !

– Même pas peur ! Mon père, il trouve que j'ai raison, que les bonbons sont trop chers, de toute façon, alors c'est la boulangère la voleuse.

– Pff, n'importe quoi.

« Yann Burda ne mentait pas. Il volait. Sans que son aura bascule… »

Chloé se sentit prise de vertiges. Pourquoi n'avait-elle jamais réalisé que le comportement des auras bleues n'était pas forcément irréprochable ?

Elle tourna les talons pour reprendre le chemin de son propre quartier.

Qui lui avait mis dans le crâne que les bleus représentaient une élite parfaite, vertueuse, qui méritait le meilleur ? Les médias. Ses profs au collège. Et ses parents.

Sa mère, surtout. Elle qui priait dévotement pour le salut de son âme, mais n'allait pas à la messe parce que l'office se déroulait à la même heure que son feuilleton...

Alors qu'elle s'approchait de son quartier, Chloé accepta ce qu'elle pressentait depuis plusieurs mois, maintenant : ses parents lui avaient présenté le monde selon leur vision à eux, une vision nourrie de faits divers, de rumeurs et d'*a priori*. Mais ce n'était pas la réalité.

Ses parents se trompaient sur la perfection des auras bleues. Ils pouvaient également avoir tort sur le fait que les rouges étaient mauvais par nature.

« S'ils rencontraient Ben et Florent, ils les fuiraient comme la peste. Alors qu'ils ouvriraient leur porte au gamin de tout à l'heure sans hésiter. »

⋆ ⋆ ⋆

– ... Il me manque aussi deux grands cahiers à spirale vingt-quatre sur trente-deux, gros carreaux, pour le cours d'histoire-géo.

Chloé leva les yeux de sa liste. Sa mère grimaça en poussant son chariot rempli des courses de la semaine dans les allées du mégamarché.

– Ce serait trop demander de communiquer toute la liste des fournitures avant le début des cours ? pesta Mme Fournier. Pourquoi rajoutent-ils toujours quelque chose la première semaine ? Je suis sûre qu'il n'y a plus rien dans les rayons ! Alors qu'ils étaient tous bien garnis mi-juillet !

Elle évita un jeune couple en grande discussion devant une promotion de rouleaux de papier toilette. Chloé crut déceler un rictus de mépris sur le visage de sa mère.

– Tu les connais ? demanda-t-elle une fois certaine qu'ils ne l'entendraient pas.

– Le fils d'une amie, avoua Mme Fournier à contrecœur.

Puis, profitant de l'occasion pour enseigner une nouvelle leçon de vie à sa fille, elle expliqua :

– Ce petit était très bien jusqu'à ce qu'il quitte la maison. Il s'est amouraché de cette... fille, là, et il a mal tourné.

Chloé décoda : le garçon était bleu, la fille, rouge, et, depuis qu'ils s'étaient mis en ménage, l'aura du garçon avait basculé.

– Il ne vient plus jamais voir sa mère, tu te rends compte ! continua Mme Fournier. Remarque, il vaut mieux, parce que je ne sais pas ce que mon amie lui dirait... Elle qui s'était donné tant de mal pour ce petit ! Quel gâchis.

Chloé se retourna pour chercher des yeux les deux amoureux. Ils s'éloignaient en direction du rayon lessive. Les paroles de sa mère lui serrèrent le cœur. Ce jeune couple avait l'air heureux, pourtant...

– Enfin, toi, au moins, tu ne me feras pas un coup pareil ! N'est-ce pas ?

– Non, maman. Bien sûr, marmonna Chloé d'un ton mécanique.

Elle ne gobait plus tout ce que disaient ses parents sans remettre en question leurs arguments. Maintenant qu'elle avait constaté d'elle-même comment se comportaient les jeunes des deux bords, c'était différent. Elle cherchait encore à se forger sa propre opinion.

Tandis qu'elle choisissait les dernières fournitures demandées par les professeurs, Chloé observait sa mère à la dérobée. Elle lui semblait plus vieille. Plus aigrie. Avait-elle toujours été comme ça ? Ou Chloé ne s'en apercevait-elle que maintenant ?

– Bien. Tu as tout ce qu'il te faut ? Allons payer.

Chloé se chargea de pousser le chariot tandis qu'elles se rapprochaient des caisses. Comme d'habitude, Mme Fournier sortit son téléphone portable et scanna les caissières avant de choisir sa file.

Fait non surprenant, elle ne se plaça pas là où l'attente semblait la moins longue, mais là où elle était certaine d'être servie par une aura bleue.

– Allez, c'est bon, maman, tu as vu le monde qu'il y a ! On pourrait passer à côté pour une fois !

Chloé regretta aussitôt d'avoir ouvert la bouche. Sa mère la toisa d'un regard mauvais en plissant les yeux. Si quelqu'un inventait un jour un implant pour fixer un scan directement sur les pupilles, Mme Fournier en serait la première équipée.

– Qu'est-ce qui t'arrive, Chloé ? demanda-t-elle d'un ton suspicieux.

– Rien, marmonna celle-ci en baissant le nez. Je suis juste fatiguée. C'est pas facile de s'adapter à un nouveau lycée... En plus, on a déjà pas mal de devoirs pour la semaine prochaine.

– Tu auras tout le temps de t'en occuper ce soir.

– Hum, hum.

Elles avancèrent de quelques pas.

– Et cette nouvelle copine ? Jodie ? questionna Mme Fournier.

– Super ! répondit Chloé en souriant.

Son visage s'illumina à la mention de son amie.

– On s'entend de mieux en mieux. Elle est trop marrante, l'autre jour, elle...

– Tu la scannes tous les matins, n'est-ce pas ? la coupa sa mère.

Chloé se rembrunit. Elle n'avait plus scanné Jodie depuis le jour de la rentrée. Pas comme sa mère, qui ne buvait son café qu'après avoir vérifié l'aura de sa fille.

– Ça va, t'inquiète.

Quand ses parents l'avaient interrogée sur le lycée, Chloé ne leur avait parlé ni des rouges, ni des doutes qui la tiraillaient lorsqu'elle traînait avec eux. Elle n'avait mentionné que Jodie et son aura bleue.

« Maman ferait une attaque si je lui parlais des autres », se dit Chloé en pensant à Ben et à Florent.

Tout à coup, Chloé imagina son père annoncer qu'il avait retrouvé du travail, et sa mère, ravie, qui la faisait transférer dans un lycée bleu dès que leur situation financière le permettait. Ce qui avait pu ressembler à une promesse de protection se changeait en un moyen de l'isoler du monde.

Mme Fournier posa son regard suspicieux sur une caissière rouge, toute proche. Celle-ci comptait sa monnaie avant de fermer.

– Ça me dégoûte qu'on puisse laisser quelqu'un comme ça face à autant d'argent. Un jour ou l'autre, elle va piquer dedans et personne ne sera surpris…

Un homme dans la file grommela quelque chose à propos des gérants du magasin qui ne pourront s'en prendre qu'à eux-mêmes. Mme Fournier opina vivement.

Chloé se sentit de plus en plus mal à l'aise. Elle se concentra de toutes ses forces sur les minuscules anomalies de la roue avant du chariot en pensant aux paroles de Jodie le jour de la rentrée : « Je n'ai rien contre les rouges. Mais j'aime bien savoir à qui je parle. »

Sur le moment, Chloé n'avait pas partagé la même opinion, mais, aujourd'hui, elle comprenait. Elle ne ressentait plus la même peur panique envers les inconnus depuis qu'elle discutait avec Florent, Ben, Alice et Sophie à la cantine. Elle voyait bien que les rouges de son âge avaient les mêmes préoccupations qu'elle et qu'aucun d'eux ne dissimulait un futur terroriste ou un tueur en série.

Son regard croisa les yeux tristes de la caissière à l'aura rouge au moment où celle-ci se levait. Pas de doute, elle avait entendu les commentaires à son sujet, et cela lui faisait de la peine. Si les ados de son âge n'étaient pas différents les uns des autres, alors pourquoi les adultes le seraient-ils ? Cette femme n'attendait sûrement pas l'opportunité de piquer dans la caisse ; elle voulait simplement travailler.

Chloé lui adressa un sourire pour excuser sa mère. La femme hocha imperceptiblement la tête avant de se détourner.

– Qu'est-ce que tu regardes, Chloé ? lui demanda sa mère d'un ton de reproche.

La jeune fille fit quelques pas pour attraper un paquet de chewing-gums.

– Cranberry-ananas ! Ça a l'air trop bon !

Mme Fournier grimaça de dégoût.

– Repose-moi ça tout de suite.

Chloé s'exécuta, soulagée d'éviter un nouveau sermon ou une nouvelle tirade antirouges.

* * *

Le samedi soir, Chloé faisait sagement ses premiers devoirs sur l'ordinateur de sa chambre tandis que ses parents regardaient la télévision au salon.

Soudain, son téléphone bipa. Message de Ben : « Je suis devant chez toi. »

Dans cette maison de plain-pied, la fenêtre de la chambre de Chloé donnait sur la rue. Incrédule, mais curieuse, la jeune fille écarta les rideaux. Le garçon était bien de l'autre côté du portail, avec son sourire charmeur. Une vague de chaleur monta dans le ventre de la jeune fille. Elle ouvrit la fenêtre, le cœur battant.

– Salut !

– Qu'est-ce que tu fais là ?

Des émotions se bousculèrent dans le corps de Chloé. Bonheur. Désir. Excitation de l'interdit. Puis la panique prit le dessus, coupant net le plaisir de voir Ben devant chez elle. Si ses parents le découvraient…

– Tu viens ? proposa-t-il le plus naturellement du monde.

– Tu rigoles ? J'ai pas le droit de sortir.

– Allez, Chloé, ça fait une sacrée trotte depuis chez moi… Viens un moment.

Il lui adressa un clin d'œil plus explicite que des mots.

Le cœur de Chloé cognait toujours très fort dans sa poitrine. La peur de ce qu'elle risquait fut à nouveau masquée par la chaleur de ses désirs. Et, soudain, elle se rendit compte à quel point le protectionnisme de sa famille l'étouffait. Elle était au lycée, maintenant, elle devait pouvoir sortir quand elle voulait, voir qui elle voulait, et faire ses propres choix... Si ses parents avaient confiance en elle, ils se fieraient à son jugement.

« Mais ils n'ont pas confiance en moi. Ni en personne. »

Cette vérité la peina. Resterait-elle toute sa vie bien obéissante, à faire ses devoirs un samedi soir au lieu de sortir s'amuser ? Elle avait presque seize ans !

Elle jeta un regard derrière elle, s'attendant à ce que ses parents ouvrent la porte de sa chambre et la surprennent. Mais rien ne se passa. Elle prit ça comme un signe.

– OK, j'arrive.

« Je suis complètement folle », se dit-elle en s'asseyant sur le rebord de sa fenêtre avant de sauter dans l'herbe.

Elle ne s'était jamais sentie aussi vivante qu'à cet instant. Ses joues s'empourprèrent sous l'effet de l'excitation. Elle prenait enfin sa vie en main.

Elle souleva le portail de façon à ce qu'il ne grince pas et se retrouva dehors. Ben lui fit la bise en s'attardant juste assez pour la troubler. Le parfum de la peau du garçon électrisa les sens de Chloé.

– On va où ? demanda-t-elle.

– On marche ?

– Comme tu veux.

Ils s'éloignèrent de la maison de la jeune fille dans un silence gêné. La tension entre eux était palpable.

Chloé avait les mains moites et la gorge aussi sèche que dans les minutes qui avaient précédé son premier baiser. Cela faisait quatre ans, maintenant, et il y avait eu plusieurs garçons depuis – des petits béguins de collège qui n'avaient pas excédé quelques semaines d'amourette –, mais Ben semblait beaucoup plus adulte que ses anciens petits copains.

« Il attend sans doute plus d'une relation avec une fille… »

Chloé s'était fixé des limites bien précises : six mois avec le même garçon avant d'envisager aller plus loin. Elle ne perdrait pas sa virginité si elle n'était pas vraiment amoureuse, et sûre que le garçon le soit aussi. Est-ce que Ben serait le bon ?

Leurs pas les menèrent jusqu'à un petit square, avec des jeux pour les gamins, échelle de corde, prises d'escalade et toboggan. Ben s'assit sur une balançoire à ressort et Chloé s'installa en face de lui. Ils étaient un peu ridicules vu que leurs jambes ne décollaient pas du sol, même quand l'autre pesait de tout son poids, mais se retrouver ainsi, la nuit, à retomber en enfance les fit sourire.

– Alors, demanda Chloé, qu'est-ce que tu fais dans mon quartier ?

– Je voulais te voir sans attendre lundi… et seul.

Ben la fit monter et descendre à un rythme régulier. Chloé se sentit rougir et espéra que la nuit cachait son embarras.

– Et toi, pourquoi as-tu accepté de venir, finalement ?

– Je suis une fille curieuse, répondit-elle en se mordant la lèvre.

Chloé se rendit compte – un peu tard – que les mouvements suggestifs de la balançoire n'avaient rien d'innocent. Elle devait passer pour une naïve, une idiote... ou une fille prête à coucher avec le premier venu. Elle voulut lui demander d'arrêter, de la laisser descendre, mais Ben continuait au même rythme sans la quitter des yeux.

– Je peux satisfaire ta curiosité, souffla-t-il.

Cette fois-ci, Chloé rougit jusqu'aux oreilles.

– Je... je veux juste savoir ce que ça fait d'avoir l'aura rouge, bredouilla-t-elle pour calmer le jeu et dévier la conversation sur un point important.

Ben s'arrêta, descendit de la balançoire et s'approcha de Chloé en retirant son blouson.

– Tu veux savoir comment je suis fait ? questionna-t-il d'une voix chargée de désir.

Elle l'imagina continuer son strip-tease en enlevant son tee-shirt, en lui attrapant la main et en la posant sur son torse qu'elle supposait tout chaud.

– Je...

Elle déglutit en se relevant maladroitement.

Mais Ben ne se déshabilla pas, il lui tendit le blouson en haussant un sourcil faussement innocent.

– Tu es sortie sans manteau, tu as l'air d'avoir froid.

Elle voulut le repousser, mais il lui passa le blouson autour des épaules. Ses mains, en se retirant, caressèrent le cou de la jeune fille dans un geste parfaitement calculé.

– Tu vois, tu tremblais.

Chloé n'osa pas avouer que ce n'était pas de froid. Elle serra le cuir qui exhalait encore la chaleur musquée du garçon.

– Ce que ça fait d'avoir l'aura rouge…, reprit-il d'un air dégagé. Pour moi, avoir l'aura rouge, c'est quelque chose de naturel. J'ai toujours été comme ça.

– Toujours ?

Ben se mit à marcher parmi les jeux et Chloé lui emboîta le pas.

– Presque. J'ai basculé à deux ans. Autant dire que je ne me souviens pas vraiment de ce que ça fait d'avoir une aura bleue.

Il adressa un clin d'œil concupiscent à Chloé.

– Moi aussi, je pourrais me montrer curieux.

Elle rougit à nouveau. Ben continua, d'un air plus sérieux :

– En fait, je n'ai pas l'impression que ça vient de moi : je ne ressens pas le mauvais fond que les médias dénoncent toujours lors d'une arrestation.

Ça dépend plutôt du regard des autres, de leur jugement sur chacun de mes actes, comme si cette couleur déterminait ma personnalité. Tu vois ?

Chloé hocha la tête. Elle voyait très bien. Sa mère lançait toujours d'horribles œillades aux auras rouges qu'elle croisait, comme s'ils étaient des criminels en liberté conditionnelle ou des pécheurs qui iraient brûler en enfer. Se faire juger en permanence devait être terrible à vivre.

– Mais ton regard à toi est différent, enchaîna Ben en s'arrêtant pour lui faire face. Tu ne me condamnes pas avant de me connaître, tu ne cherches pas à savoir quelle part de moi est mauvaise, n'est-ce pas ?

Se retrouver tout près de lui, à plonger ses yeux dans son regard doux, coupa court aux réflexions de Chloé.

Ben n'attendit pas une réponse qui ne viendrait jamais. Il se pencha pour poser ses lèvres sur celles de Chloé. Elle ferma les yeux. Le contact tendre de leurs deux bouches fit trembler ses jambes. Elle s'accrocha au cou de Ben. Il glissa une langue entreprenante entre ses lèvres. Chloé se laissa faire, mais le baiser devint soudain beaucoup moins doux, beaucoup plus énergique. La langue de Ben fouissait dans sa bouche comme s'il cherchait des morceaux de nourriture coincés entre ses dents.

Chloé se dégagea pour reprendre son souffle et avaler un flot de salive imprévu. Mais Ben ne compris pas son mouvement de recul. Il plongea de nouveau sur sa bouche, et Chloé crut qu'il allait lui manger la moitié du visage. En même temps, les mains du garçon la maintenaient collée à lui. Ses doigts glissèrent sous le pull de la jeune fille et remontèrent dans son dos. La caresse n'était pas désagréable, mais le baiser était trop mal dosé pour qu'elle en profite vraiment. Chloé tenta de le repousser une nouvelle fois. L'espace qu'elle parvint à créer entre leurs deux corps permit à Ben de bouger ses mains jusqu'à sa poitrine.

La panique la gagna. Et s'il ne s'arrêtait pas ?

La pensée de se retrouver violée par une aura rouge l'électrisa. Elle poussa d'un coup sur le torse du garçon et réussit à faire deux pas en arrière.

– Arrête. Ça va trop vite.

Son cœur battait à toute allure. Pas d'excitation, cette fois-ci, mais de peur. Personne ne viendrait à son secours, ici. Et ses parents ne savaient même pas qu'elle était sortie. Une vague de culpabilité à l'idée d'avoir fait le mur, désobéi et de se retrouver au milieu de graves ennuis la submergea. Fichues hormones, qui lui avaient tourné la tête !

Mais, contrairement à ses craintes, Ben ne tenta pas de la forcer davantage. Il lui sourit en levant les mains.

– Désolé. Tu me mets dans un tel état, tu sais...

Il lui indiqua du regard l'entrejambe de son jean, bombée par une érection, mais Chloé n'entra pas dans son jeu. Elle lui rendit son blouson d'une main tremblante, réussit à esquisser un sourire et lui lança :

– On se voit lundi, au lycée.

Elle s'en alla à grandes enjambées, se forçant à ne pas courir. Elle était déjà loin quand il l'interpella :

– Chloé ! Un dernier baiser ?

Elle lui répondit en embrassant sa main et en lui envoyant ce baiser imaginaire, même si elle avait surtout envie de foncer se réfugier chez elle.

« Mais si je le vexe, il est capable de devenir violent. La fameuse bombe à retardement de maman. »

Se hisser jusqu'à sa chambre lui sembla facile après la peur qu'elle avait éprouvée. Quand elle referma la fenêtre, elle vérifia par sécurité que Ben ne rôdait plus dans les parages.

« Quelle idiote ! » se dit-elle en s'écroulant sur son lit et en entourant ses genoux de ses bras.

Elle l'avait jugé, finalement. Elle avait vu en lui un violeur potentiel, alors que ce n'était peut-être qu'un dragueur trop entreprenant... Mais, s'il n'avait pas eu l'aura rouge, l'aurait-elle repoussé de la même manière ?

Tout cela la rendait très mal à l'aise.

L'attirance qu'elle avait pu ressentir pour Ben se mêlait maintenant à une angoisse sur la façon dont il pourrait la blesser.

« Il s'est arrêté quand je le lui ai demandé, se dit-elle pour se rassurer. Peut-être que c'est moi qui imagine le pire ? »

Tandis qu'elle sortait de sa chambre pour aller se brosser les dents, sa tension retombait déjà. Un petit sourire naquit même aux coins de ses lèvres.

« En tout cas, il embrasse comme un pied ! »

4. Impure

Le dimanche matin, Chloé se leva comme d'habitude et se rendit à la cuisine d'un pas traînant. Elle avait tourné et retourné toute cette histoire dans sa tête, et était arrivée à la conclusion que Ben ne lui aurait jamais fait de mal et que, si elle le guidait un peu, elle pourrait peut-être lui montrer comment l'embrasser sans que sa langue lui chatouille la glotte.

– 'Jour papa, 'jour maman.

Son père lisait le journal sur sa tablette en buvant un pastis. Sa mère nettoyait la salade pour le repas de midi. Chloé leva un œil entre deux mèches de cheveux vers la pendule : 11 h 15.

– Bonjour, ma marmotte ! répondit son père en lui souriant et en l'embrassant.

Sa mère s'essuya les mains sur un torchon et s'empara de son téléphone portable. Ce geste irrita

Chloé, qui l'ignora et continua de marcher jusqu'au frigo pour sortir la bouteille de Coca.

– Arrête un peu de bouger, grommela sa mère.

Chloé tendit le bras pour attraper un verre dans le placard. Que sa mère se débrouille avec son scan. Comme tous les matins, elle attendait de voir le joli halo bleu de sa fille pour l'embrasser.

« Pff, c'est vraiment une intégriste », se dit-elle.

– Oh, mon Dieu ! Fred ! Regarde !

La mère de Chloé lui colla le téléphone portable sous le nez. Il posa sa tablette.

– Chloé ! rugit-il, affichant soudain un visage bien différent de celui du papa chéri qu'elle connaissait.

La jeune fille se figea.

– Ben quoi ? Qu'est-ce qu'il y a ?

– Tu peux nous expliquer ça ?!

Il lui montra l'écran. Le halo bleu était toujours là, mais le contour extérieur était maintenant teinté de violet. Une fine ligne violette.

Chloé dissimula la panique qui la gagnait. Ce n'était pas encore trop grave, n'est-ce pas ? Mais c'était un changement quand même. Le premier qui annonçait sa possible bascule.

– Je… je ne comprends pas, bredouilla-t-elle.

« Ce n'est pas comme si j'avais fait le mur pour aller bécoter un garçon dans le parc, hein. »

– Oh, Fred, qu'est-ce que nous allons devenir !

– Calme-toi, elle n'a pas basculé. Il y a peut-être encore moyen de faire marche arrière.

Mais Chloé savait aussi bien que sa mère que, malgré tous les efforts des scientifiques, personne n'avait pu inverser la bascule. Chaque zone énergétique devenue rouge le restait à tout jamais.

– Qu'est-ce qui s'est passé ? interrogea son père d'une voix dure. Qu'est-ce que tu as fait de particulier hier soir ?

– Rien, mentit Chloé. J'ai fait mes devoirs et je suis allée me coucher.

Est-ce qu'elle était en train de devenir mauvaise ? La voilà qui mentait à ses parents comme une horrible délinquante ! Chloé se sentait de plus en plus mal. Si elle avouait la vérité maintenant, est-ce que la bascule cesserait ?

– Tes devoirs, c'était sur l'ordi, bien sûr ? On va déjà te couper Internet, ça va être vite vu.

– Papa !

– Oh, et ne dis rien, sinon je te prive aussi de portable !

Chloé faillit crier à l'injustice, mais baissa finalement les yeux. Elle avait fait quelque chose de mal. Désobéi et menti. Elle méritait cette punition.

– Fred, ce n'est peut-être pas l'ordinateur…, murmura sa mère.

– Alors quoi ?

Mme Fournier obligea sa fille à venir près d'elle, à côté de l'évier.

– Tu t'es touchée, n'est-ce pas ?

Chloé bafouilla, choquée :

– Non, maman, je…
– Combien de fois t'ai-je dit que c'était sale ! Que tu souillais ton âme !
– Mais…
Sa mère ne l'écoutait pas. Elle lui attrapa les mains, les plaça au-dessus de l'évier et entreprit de les frotter avec le côté abrasif de son éponge.
– Maman, tu me fais mal ! gémit Chloé.
– La masturbation, c'est pour les pécheurs. Tu dois nettoyer ton corps et ton âme par la prière ! Prie !
Chloé sanglotait.
– Prie ! lui enjoignit encore sa mère.
– Papa…, supplia-t-elle.
Mais son père ne lui vint pas en aide. Il reprit son verre, son journal numérique, et s'assit sans un mot.
La mère de Chloé frottait de plus en plus fort en lui ordonnant de prier. Alors, Chloé balbutia des prières de repentir jusqu'à ne plus sentir la douleur.
Les paroles sortaient toutes seules de sa bouche et, pendant ce temps, son esprit dérivait vers les baisers de Ben et les mises en garde de sa mère, le jour de la rentrée : « La contagion ne vient pas du toucher, mais de leurs idées et de leur façon perverse de voir le monde. »
Est-ce que Ben avait dit quelque chose qui l'aurait hypnotisée ou influencée au point qu'elle devienne mauvaise ? Était-ce réellement son choix de faire le mur et de mentir à ses parents ?

Sa peur d'avoir perdu le contrôle de sa volonté la fit sangloter plus fort. Et si sa mère avait raison à propos des rouges ?

– Maman, implora Chloé en ouvrant les yeux, prête à avouer toute la vérité.

Mais le visage de sa mère, contracté par la haine, la ramena à la réalité, et à la douleur qui irradiait dans ses mains. Non, Ben ne l'avait pas embobinée avec de belles paroles pour la pousser à mal agir. C'est elle qui avait laissé libre cours à ses pulsions. Le fait qu'il soit rouge n'avait rien à voir là-dedans.

Elle serra les dents.

« Qui est le plus pervers, ici ? Un ado qui drague une fille ou une mère qui fait souffrir son enfant ? »

Être bleu ne protégeait pas de tout.

* * *

Le lundi, les mains de Chloé étaient encore à vif quand elle quitta la maison. Le halo de son aura à la bordure violette n'avait pas évolué, ce qui avait rassuré sa mère. Mais, lorsque Chloé franchit le portail de scan de l'arrêt du tram, celui-ci n'émit pas le bip habituel et ne la laissa pas passer.

L'agent du réseau de transports en commun quitta sa guérite avec son matériel et lui fit signe de se mettre sur le côté.

Elle s'exécuta, morte de honte devant ses voisins avec qui elle prenait le tram chaque matin. Le couple d'Asiatiques se détourna. La petite mamie toute pomponnée la toisa des pieds à la tête en fronçant les sourcils. La femme tatouée pinça les lèvres, l'air déçue.

L'agent du réseau bougea son scan manuel autour de la jeune fille, comme s'il vérifiait l'absence de trace de métal sur elle avant de l'autoriser à embarquer dans un avion. Il consulta l'écran du petit appareil portatif et hocha la tête.

– Ça va pour cette fois. À la prochaine, mademoiselle.

Chloé rejoignit son quai, toujours sous le choc.

« Je suis du côté des bleus. Je suis toujours du côté des bleus », se répéta-t-elle.

Mais, vu le jugement muet de ses voisins, une question se posait : pour combien de temps ?

Chloé repensa aux mots de Ben : « Je n'ai pas l'impression que ça vient de moi. Ça dépend plutôt du regard des autres. »

À cet instant, le vieux qui avait tué son chat lui adressa un petit signe d'encouragement à travers la vitre qui séparait les deux parties du quai. Il avait l'air de compatir sincèrement. Et d'être gentil. Chloé se rendit compte que les seules choses qu'elle savait sur lui n'étaient que des rumeurs. Était-il si méchant ? Ou n'était-ce qu'un vieil homme seul, dévasté par la mort de son chat et mis à l'écart de la société à cause de sa bascule ?

Elle lui adressa un signe de tête pour le remercier de s'inquiéter pour elle.

« Qu'est-ce qui m'a fait changer ? se demanda-t-elle. C'est juste parce que j'ai menti à mes parents ? Ce n'est quand même pas la première fois ! Mais jamais pour quelque chose d'aussi grave... »

Elle ne sentait toujours rien de mauvais en elle.

« Est-ce que le pire des psychopathes s'imagine normal ? »

* * *

Dès qu'elle arriva devant le portail du lycée, ses mains devinrent moites, et sa peau rougie la brûla. Encore un autre scan à passer. Même si celui-là ne changerait rien car, à l'intérieur du lycée, tous les élèves étaient mélangés.

Elle franchit l'arche sans problème, mais sa nervosité ne disparut pas pour autant. Comment allait-elle réagir face à Ben ?

S'il l'embrassait devant tout le monde, cela voudrait dire qu'ils sortaient officiellement ensemble...

Elle pénétra sous le préau, repéra aussitôt Jodie près d'un poteau et alla se coller à côté d'elle.

– Ouh, t'as pas l'air en forme, commenta sa nouvelle amie. Mauvais week-end ?

Chloé n'osa pas aborder le sujet Ben avant de voir celui-ci.

– Mes parents sont deux vieux cons, déclara-t-elle en guise d'explication.

Jodie éclata de rire.

– Bienvenue au club !

– Bon, on file en classe ? Je ne sais pas où est la salle 301, et je sens qu'on risque encore de se perdre...

Le vendredi, elles avaient fait plusieurs fois le tour du deuxième étage sans trouver leur salle d'anglais. Elles avaient fini par demander leur chemin au CDI et, quand elles avaient enfin découvert le minuscule renfoncement où se cachait la classe, le cours avait commencé depuis un bon quart d'heure.

– On n'attend pas les garçons ?

Jodie indiqua du menton l'entrée du préau. Ben et Florent arrivaient. Chloé se sentit rougir de confusion et de gêne. Elle ne saurait pas vraiment quoi dire à Ben...

Mais la question ne se posa pas. Les garçons s'arrêtèrent à la hauteur d'un groupe de filles qui gloussèrent à leur arrivée.

– C'est qui, ces pétasses ? grogna Chloé.

Ben racontait des blagues qui provoquaient des rires aigus, et Chloé espéra secrètement qu'il ne parlait pas d'elle. Une blonde sur talons hauts tortilla ses cheveux en lui faisant les yeux doux. Il se pencha pour lui chuchoter quelque chose à l'oreille et Chloé décida qu'elle en avait assez vu.

– Bon, on y va ?

Jodie acquiesça.

Florent les rattrapa au moment où elles s'engageaient dans l'escalier.

– Salut, mesdemoiselles !

– Tiens, tu ne restes pas avec ton pote ? grinça Chloé.

Florent – qui ne comprenait pas d'où venait ce ton de reproche – jeta un œil à Ben entouré des filles.

– Oh, la basse-cour a besoin d'un seul coq, je pense.

La réponse fut accueillie avec plaisir.

– Voilà un garçon plein de bon sens, hein, Chloé !

Jodie prit le bras de Florent, qui osa attraper celui de Chloé pour se placer en sandwich entre les deux filles.

« Si Ben m'aimait bien, c'est lui qui serait là », se dit-elle, soudain beaucoup moins en colère.

Alors qu'elle se demandait comment se comporter avec Ben, elle voyait maintenant une réponse claire à ses questions : visiblement, le garçon agissait comme s'il ne s'était rien passé entre eux, et elle ferait pareil.

Mais ses mains douloureuses lui rappelèrent les conséquences de sa sortie du samedi soir, et la légère modification de son aura. Elle s'assombrit aussitôt. Même si leur amourette n'allait pas plus loin, elle était liée pour toujours à Ben : c'était à cause de lui qu'elle changeait.

– Troisième étage, indiqua Florent, à peine essoufflé.

– Ça doit être par là.

Ils découvrirent enfin la salle 301 et entrèrent, toujours bras dessus bras dessous. Les bureaux, installés face au tableau, étaient alignés par cinq sur quatre rangées, et par deux sur une autre rangée collée au mur. Chloé se laissa guider jusqu'à l'avant-dernière rangée de cinq, pas trop près du prof mais pas au dernier rang non plus. Une place parfaite. Elle se glissa tout au bout pour être sûre de ne pas se retrouver près de Ben lorsqu'il les rejoindrait. Florent s'assit à côté d'elle, la séparant de Jodie.

Quand Chloé sortit sa trousse, Florent remarqua ses mains.

– Qu'est-ce qui t'est arrivé ? demanda-t-il d'un ton inquiet.

La jeune fille ouvrit la bouche, mais aucun mensonge convaincant ne lui vint à l'esprit.

– Tes parents, hein ?

Elle acquiesça en baissant les yeux. Florent continua en murmurant :

– Mon père m'a passé la bouche au savon je ne sais plus combien de fois. Comme si ça pouvait avoir un effet quelconque…

– Tu… as basculé quand ? demanda-t-elle, mise en confiance.

– Un peu avant les grandes vacances. C'est encore assez nouveau, tout ça, pour moi.

Il haussa les épaules pour signifier que cela n'avait pas d'importance.

– Et au fond de toi, tu te sens... ?

– Bleu. Je me sens toujours aussi bleu, affirma-t-il en soupirant.

La sonnerie retentit, et un flot d'élèves entra dans la classe, s'installant par affinités derrière les bureaux libres. Ben arriva à son tour et avisa le trio, qu'il rejoignit sans hésiter.

– Salut, les filles !

– Salut, « Ben le joli-cœur », le taquina Jodie.

– Salut, lâcha Chloé d'une voix neutre.

Ben lui fit un clin d'œil, mais elle se détourna.

Florent sentit que leur complicité naissante disparaissait. Il termina la discussion avant que le prof n'arrive à son tour :

– Tu sais, mes parents se sont vachement calmés depuis que j'ai basculé. C'est presque mieux, maintenant. Plus de scans quotidiens, plus de punitions en cas de variations de mon aura...

Chloé aurait aimé que ses propres parents soient moins stricts, eux aussi. Elle n'enviait pas Florent d'avoir basculé, mais il avait de la chance que sa famille réagisse ainsi.

– C'est cool. Tant mieux, lui dit-elle avec un sourire sincère.

5. Spécialiste

La mère de Chloé avait pris rendez-vous avec le Dr Peysson, dont le cabinet se trouvait dans les locaux d'une clinique du centre-ville.

La secrétaire fit attendre la mère et la fille dans une petite salle vitrée d'où Chloé put observer les allées et venues dans le bureau du Dr Peysson. Hormis les personnes qui avaient rendez-vous, un certain nombre de médecins en blouse blanche défilaient dans le couloir avec des dossiers sous le bras. Ils entraient dans le bureau le torse bombé, le menton levé, et d'une démarche assurée. Ils en ressortaient le dos voûté, à pas lents, comme accablés par tout le malheur du monde.

– Qu'est-ce qu'il leur fait, là-dedans ? demanda Chloé, inquiète.

– C'est le grand patron, lui expliqua un homme d'une cinquantaine d'années, qui patientait près de la fenêtre, un gobelet de café à la main. C'est lui qui centralise les recherches des autres médecins. Ils planchent tous sur la bascule, soit pour la comprendre, soit pour l'inverser…

– Vous semblez bien informé, fit remarquer Mme Fournier d'un air pincé.

Si elle n'avait pas été retenue par la politesse, elle aurait scanné l'homme sur-le-champ. Celui-ci hocha la tête.

– Je fais partie d'un groupe de cobayes sur lesquels ils testent l'une de leurs pilules miracles. Je viens toutes les semaines me faire scanner et pour qu'on ajuste le dosage.

– Est-ce que… c'est un médicament pour soigner les auras rouges ? demanda Chloé, intimidée.

– Non, c'est préventif. Un complément alimentaire pour que mon aura reste bleue.

L'homme termina son café et jeta le gobelet à la poubelle avec une moue résignée.

– Pour ce que j'en sais, ça peut aussi bien être un placebo !

– Chloé Fournier ? appela la secrétaire.

La jeune fille tourna la tête, tandis que sa mère se levait.

– Le Dr Peysson va vous recevoir.

Au même moment, la porte s'ouvrait sur le dernier rendez-vous du médecin. Une jeune femme en tailleur strict en sortait mais, contrairement aux autres, elle ne semblait pas chamboulée. Elle levait toujours le menton bien haut, ce qui, avec son chignon, lui donnait l'air d'une danseuse classique.

– Oh, docteur Marot ? la rappela Peysson de l'intérieur du bureau. Je sais que vos collègues sont pressés de trouver, mais ce n'est pas une course. Inutile de revenir me voir si vous n'avez pas de preuves plus solides pour appuyer votre théorie.

– Bien, monsieur.

Le Dr Marot et Chloé échangèrent un regard lorsqu'elles se croisèrent. La jeune fille fut surprise de lire autant de détermination dans ses yeux alors que tous ses collègues éconduits par le responsable semblaient au bord de la dépression. Elle se demanda combien de médecins s'étaient tués à la tâche inutilement depuis la découverte des auras.

« Mais quelqu'un comme elle trouvera peut-être un remède à la bascule », se dit Chloé tandis que le Dr Marot s'éloignait dans le couloir.

Mme Fournier s'engouffra dans l'ouverture de la porte, entraînant sa fille à sa suite.

– Merci de nous recevoir aussi vite, docteur, commença-t-elle.

– Asseyez-vous.

Des articles de journaux encadrés s'affichaient sur le mur derrière le bureau du docteur. Sur la couverture d'un magazine, la photo d'une maison d'arrêt était barrée de lettres épaisses : « Quatre-vingt-quinze pour cent des détenus ont l'aura rouge. »

Un article titré « L'homme qui a révolutionné la justice » était illustré par une photo du Dr Peysson avec quarante ans de moins. Le spécialiste incontesté en ce domaine ne portait pas encore la courte barbe blanche qui masquait maintenant sa bouche.

Chloé essaya d'oublier l'homme de la salle d'attente et les docteurs qui essayaient de changer le monde. Sa mère l'avait traînée là parce que son aura commençait à changer et, pour le moment, c'était son plus gros problème. Elle fixa le nez proéminent de Peysson en se demandant si cet homme avait des enfants et s'il leur avait transmis le même tarin.

« Si c'est le cas, les pauvres ! »

Elle chercha des yeux une photo de famille pour avoir une réponse à sa question, mais ne vit que des dossiers cartonnés dont la tranche présentait de petits adhésifs de couleur portant des numéros.

– Alors, madame Fournier, expliquez-moi la situation.

Le Dr Peysson ignorait délibérément l'adolescente pour concentrer son attention sur la mère.

– Voilà, c'est pour ma fille, Chloé. Elle commence à changer.

Le médecin hocha la tête comme si elle énonçait une évidence.

– Et vous voulez savoir s'il existe un moyen de contrer la bascule, conclut-il en soupirant.

– J'imagine que nous ne sommes pas les premiers…

– À vrai dire, madame Fournier, tous les patients qui défilent dans mon cabinet souhaitent empêcher l'inéluctable ou me demandent un impossible retour en arrière.

– Vous êtes la référence mondiale dans l'étude des auras, le flatta-t-elle. Si quelqu'un peut faire quelque chose, c'est bien vous !

Le médecin accepta le compliment avec une fausse modestie, puis expliqua :

– Si j'ai accepté de vous recevoir, aujourd'hui, c'est précisément parce que la recherche a besoin de personnes comme votre fille pour avancer vers un possible traitement.

L'homme de la salle d'attente avait parlé de groupes de cobayes. Était-ce ce qu'il sous-entendait ?

– Alors, vous allez essayer de la soigner ? demanda Mme Fournier avec espoir.

Peysson sourit derrière sa barbe.

– Nous allons voir.

Il se tourna enfin vers Chloé.

– Mademoiselle, passez à côté, je vais vous examiner.

Elle jeta un regard noir à sa mère et obéit en traînant les pieds. Elle se sentait toujours normale et n'avait vraiment pas envie de prendre les cachetons douteux de ce type.

« Pourvu qu'il ne me fasse pas me mettre à poil… Si ça se trouve, c'est juste un charlatan. Il est incapable de soigner ses patients, alors il profite de leur tendance à gober n'importe quoi pour leur soutirer de l'argent. Ce serait bien le genre de mec à reluquer une ado vulnérable au passage ! »

Elle croisa les bras sur sa poitrine pour se protéger au cas où.

Mais le docteur ne lui demanda rien de ce genre. Il la fit se placer face à un gros appareil blanc, un scan adapté au corps médical, et disparut derrière pour actionner les commandes.

– Tu es prête ? Ne bouge plus.

Il y eut un flash, comme pour une photo, et le médecin revint près d'elle.

– C'est fini. Pas trop douloureux, hein ?

Il semblait presque sympa.

Chloé rejoignit sa mère. Le docteur afficha le scan sur son ordinateur, dont il tourna l'écran pour le montrer aux Fournier.

– D'accord. Donc, vous voyez cette limite, là ? Entre le bleu et le violet ? La délimitation est nette. Et c'est le cas sur l'ensemble de l'aura. Le changement est stable pour l'instant, et il n'y a pas à craindre d'évolution rapide vers une bascule si aucune modification majeure n'intervient dans la vie de cette jeune fille.

Chloé soupira de soulagement. Elle était donc presque aussi bleue qu'avant.

– Je vais vous donner un certificat qui permettra à Chloé de passer sous les portails sans devoir subir d'examen approfondi.

Il imprima la photo du scan qui indiquait les pourcentages de bleu (quatre-vingt-dix-huit pour cent) et de rouge (deux pour cent), apposa sa signature, un coup de tampon et la mention « Bleu majoritaire ».

Il tendit la feuille à Chloé.

– Voilà, mademoiselle.

– Et pour vos recherches ? s'enquit Mme Fournier.

– J'ai bien peur que Chloé ne corresponde pas au type de profil dont j'ai besoin actuellement.

– Quoi ! Mais…

– Excusez-moi, madame, mais d'autres patients attendent.

Il se leva pour les raccompagner jusqu'à la porte.

– Quel genre de profil recherchez-vous, exactement ? l'interrogea soudain Chloé en pensant à ses amis à l'aura rouge.

Si Peysson était réellement un charlatan, il lui aurait prescrit un long et inutile traitement très coûteux. Sa réaction face à son scan le rendait plutôt sympathique.

– Si vous voulez en savoir plus sur mon travail, je donne des conférences de vulgarisation pour le grand public, lui répondit-il, agacé, ce qui lui fit aussitôt perdre les quelques points de capital sympathie qu'il avait gagnés.

– Enfin, vous ne pouvez pas la laisser comme ça ! tempêta sa mère. Vous devez l'aider !

– Écoutez, madame Fournier, j'essaye de faire avancer la recherche. Vous avez eu la chance d'appeler alors que nous mettons en place un nouveau protocole d'étude, sinon je n'aurais jamais scanné votre fille aussi vite.

Il termina avec un regard menaçant :

– Je pense que vous n'avez pas bien compris à qui vous avez affaire.

Il lui indiqua le guichet.

– Voyez avec ma secrétaire pour le règlement.

⋆ ⋆ ⋆

Mme Fournier, vexée de s'être fait mettre à la porte par le plus grand spécialiste de l'étude des auras, passa quelques jours à ruminer sa colère. Peu à peu, elle focalisa celle-ci sur le Dr Peysson, et Chloé retrouva une vie relativement normale, même si elle devait montrer le certificat médical pour accéder aux wagons bleus des transports en commun.

Au lycée, la situation ambiguë avec Ben devenait vivable. Chloé découvrit qu'il draguait à peu près toutes les filles qu'il croisait et que, si la plupart rougissaient ou gloussaient à son approche, il ne sortait officiellement avec aucune d'entre elles. Petit à petit, le comportement de certains groupes de copines se modifia : elles jetaient des regards furieux au passage du garçon et se détournaient, froissées qu'il les ignore.

Un jour, une jolie métisse fondit en larmes en le voyant, et l'une de ses amies lança à Ben d'une voix dure :

– Tu aurais quand même pu l'appeler ! Ça aurait été le minimum !

Ben répondit par un sourire et un :

– Je l'appellerai pour remettre ça un de ces jours !

La métisse s'arrêta aussitôt de pleurer, comme si l'espoir d'une prochaine fois annulait la peine causée par le jeune homme, mais Chloé entendit distinctement l'autre fille grommeler un « connard ».

« Il est sympa comme ami mais, en amour, mieux vaut l'éviter », pensa Chloé, qui espérait être complètement remise de son petit béguin.

Quand Jodie avoua qu'elle craquait pour lui, Chloé tenta de la raisonner :

– Laisse tomber, Jodie, tu vaux mieux que ça ! Tu n'as pas besoin d'un tombeur qui te jettera comme un vieux mouchoir dès qu'il aura eu ce qu'il veut.

– Tu crois ?

– Des types comme lui, il y en a des tas. Mais pas des filles comme nous…

– Ouais, on est extra. T'as raison.

Les deux amies, complices, se mirent à arpenter les couloirs avec une démarche de reine. Elles croisèrent quelques camarades de classe sur leur chemin, mais ne cessèrent pas leur jeu pour autant.

– Mesdemoiselles, les salua Florent en faisant une révérence.

Jodie éclata de rire. Chloé l'imita et reprit une attitude normale.

– Vous avez compris quelque chose à l'exercice sur les fonctions ? demanda le garçon.

Et, alors que Jodie lui expliquait en gros ce qu'elle avait retenu, Chloé se rendit compte à quel point la présence de Florent lui semblait naturelle. Leurs regards se croisèrent. Ils se sourirent. Comme s'ils se connaissaient depuis bien plus longtemps qu'un seul mois de lycée. Il ne dégageait pas le même charme que Ben, mais ce n'était pas plus mal : au moins, Chloé ne craignait pas qu'il se laisse déborder par ses hormones et abuse de sa plus grande force physique. Elle se sentait en sécurité avec lui.

Alice et Sophie les rejoignirent et l'une d'elles proposa :

– Ça vous dirait de bouger, samedi ? On pensait aller traîner aux Trois Tours…

– Ah ouais ! approuva Jodie. Je dois me trouver un nouveau jean.

– J'en suis, confirma Florent.

Quelques têtes se tournèrent vers Chloé.

– Il faut que je voie avec mes parents… Ce n'est pas gagné.

Elle avait pourtant envie de flâner dans l'énorme centre commercial avec les autres, elle aussi.

– Si tu veux, je passe chez toi avant, suggéra Jodie. On dit à ta mère qu'on n'est que toutes les deux, et si elle me scanne...

– Ça peut le faire.

– Super, conclut Alice. Rendez-vous à 11 heures à Parc-Relais, OK ?

Ben arriva avec une autre fille – Samira, une aura bleue que tout le monde identifiait comme la future première de la classe.

Florent expliqua de quoi ils parlaient, et Ben confirma sa présence. Samira demanda d'une voix timide si elle pouvait venir aussi.

– Je dois me faire un ciné là-bas avec des anciennes copines de collège, mais si vous voulez bien de moi avant...

– Bien sûr, répondit Sophie. Les secondes en force !

Dire que Chloé avait appréhendé de se retrouver dans ce lycée !

« C'est la meilleure chose qui pouvait m'arriver. »

6. Dernier jour d'insouciance

Comme prévu, Jodie était venue chercher Chloé chez elle, s'était fait scanner et avait obtenu l'autorisation que son amie sorte. Les deux filles rejoignirent le groupe à la station du Parc-Relais.

Ils étaient sept en tout : Chloé, Jodie, Samira, Alice, Sophie, Ben et Florent. Ils se présentèrent, en deux files, devant les portails de scan. Chloé brandit son certificat et put passer sans problème. Elle se retrouva rapidement sur le quai avec Jodie et Samira. Les auras rouges suivaient, même si une immense vitre coupait le quai en deux. La rame de métro, composée de deux wagons bleus en tête, et deux rouges en queue, s'arrêta devant eux. Ils s'engouffrèrent dans leurs compartiments respectifs et convergèrent vers le centre de la rame pour communiquer par gestes malgré la séparation. Chloé croisa le regard de Ben, qui la reluquait de la tête aux pieds. Elle rougit, se détourna et se retrouva face à Florent. Cette fois-ci, aucune gêne ne la troubla. Au contraire, un grand sourire s'épanouit sur son visage. Florent lui fit une grimace pour la faire rire – ce qui fonctionna aussitôt.

C'était la première fois que Chloé partait en ville, comme ça, juste avec des copains, sans parents pour superviser. Et elle adorait cette sensation d'être prête à conquérir le monde. Mais plus les arrêts défilaient, plus la vitre de séparation créait un silence au sein du groupe. Petit à petit, les échanges de grimaces et de gestes perdirent en intensité. Les rouges parlaient entre eux. Samira et Jodie aussi. Chloé se sentit de plus en plus mal à l'aise. Il n'y avait que quand elle croisait le regard de Florent que cette impression de clivage s'atténuait un peu, mais, juste avant la correspondance, le garçon se mit à discuter avec Sophie et cette complicité se dissipa.

– Il te plaît, hein ? demanda soudain Samira en désignant Florent.

– Hein ? Oui… euh… non… enfin, je ne sais pas. Il est gentil. Et mignon. Mais, bon, il est rouge.

– Personne n'est parfait, plaisanta Jodie.

Chloé soupira.

– Tu sais, la moitié de ma famille est rouge, lui dit Samira. Et ça ne m'a pas fait basculer.

Le slogan « Le changement n'est pas contagieux » revint à l'esprit de Chloé. Avoir l'aura rouge n'était pas une maladie mais, parfois, elle avait du mal à garder ça en tête tellement elle avait été élevée dans l'idée que le moindre rapprochement risquait de faire d'elle une victime d'un détraqué, ou que de mauvaises fréquentations modifieraient son âme si elle « se laissait convaincre par les mensonges des rouges », comme le lui martelait régulièrement sa mère.

Chloé ouvrait peu à peu les yeux sur la réalité du monde. La discrimination dont étaient victimes les auras rouges innocentes la peinait, à présent. Mais elle n'arrivait pas à se défaire de cet *a priori* selon lequel on risquait de basculer si on se laissait influencer par un rouge. N'avait-elle pas commencé à changer après avoir fait le mur avec Ben ? Elle avait désobéi, menti… Est-ce que ce comportement suffisait à la rendre mauvaise ?

Le métro s'arrêta à la station de leur correspondance. Ils suivirent les couloirs réservés à leur couleur et vérifièrent en arrivant sur le second quai que tout le monde était là. Samira reprit la conversation en disant à Chloé :

– Tu devrais aller voir l'infirmière du lycée. Elle est membre de « Mon aura n'est pas mon âme », elle saura te renseigner, si vraiment ça t'inquiète de sortir avec un rouge.

– Bonne idée ! Et si tu y vas, je viendrai avec toi ! renchérit Jodie, les yeux pétillants.

Elle coula un regard en direction de Ben, et Samira éclata de rire.

– Ouhhh, « Ben le beau gosse » ne va pas comprendre ce qui lui arrive quand tu vas lui tomber dessus !

Jodie lui fit signe de se taire – comme si les garçons, de l'autre côté de la vitre, pouvaient lire sur leurs lèvres ou deviner la nature de leur discussion – puis demanda soudain avec inquiétude :

– Tu… n'avais pas de vues sur lui, hein ?

– Oh, non ! Ben me drague, comme il drague à peu près tout ce qui a une poitrine. Désolée de te le dire, Jodie, mais ton béguin n'est pas connu pour sa fidélité et sa constance…

– C'est parce qu'il ne m'a pas, moi !

Chloé sourit, espérant que Jodie avait raison. Si Ben tombait sur la bonne personne, peut-être changerait-il ? Et si ces deux-là se mettaient ensemble, elle serait vraiment ravie pour eux.

– Je ne lui ai rien dit, continua Samira, parce que ça m'amuse de le voir essayer, mais il n'est pas du tout mon type. Je craquerais plutôt pour quelqu'un comme…

Le cœur de Chloé fit un bond dans sa poitrine quand Samira tourna la tête, mais celle-ci ne désigna pas Florent.

– … Alice.

Samira tira la langue en faisant un clin d'œil.

– Ohhhh, s'exclamèrent les deux filles.

– Tu veux qu'on tâte le terrain pour toi ? proposa Jodie.

– Non, laissez tomber, c'est mort, elle sort avec un pote de mon frère. Je n'ai aucune chance.

Le métro arriva enfin, et les filles s'engouffrèrent dans leur wagon.

– Et les copines que tu dois retrouver tout à l'heure au ciné ? interrogea Chloé. Il n'y en a pas une qui…

Les yeux de Samira s'écarquillèrent soudain.

– Punaise, c'est peut-être ça ! J'ai remarqué que l'une d'elles se comportait vraiment bizarrement, ces derniers jours, au téléphone. Elle n'arrêtait pas de me dire que je lui manquais… Si ça se trouve, elle veut qu'on soit plus qu'amies !

Un petit sourire rêveur naquit sur ses lèvres tandis que ses pensées dérivaient vers l'infinité de possibilités que cette perspective ouvrait dans son esprit. Jodie et Chloé se poussèrent du coude, ravies.

– Pourvu qu'on ait autant de chance avec Ben et Florent, murmura Jodie alors que la voix automatique annonçait la station du centre commercial et ses différents accès aux correspondances.

Ils sortirent du métro et se regroupèrent tous au pied des escalators, rouges et bleus enfin réunis.

– Bon, par quoi on commence ?

– Celles qui veulent essayer de la lingerie peuvent compter sur mon œil expert ! roucoula Ben.

Alice lui tapa l'arrière du crâne.

– Tu porteras les sacs, oui !

– Grrr, oh oui, frappe-moi ! plaisanta-t-il.

– Faut que je trouve un cadeau pour ma mère, déclara Sophie en soupirant. C'est bientôt son anniv et j'ai pas d'idée.

– Un bouquin ? Une cléfilm ?

– Un accessoire de cuisine ?

– De la lingerie ?

– Ta gueule, Ben !

– Peut-être des sels de bain ou un truc un peu sympa pour se pomponner...

– OK, alors suivez-moi, ordonna Jodie, qui semblait à l'aise.

Chloé se retrouva en queue de peloton avec Florent.

– Désolée, s'excusa Chloé, les magasins de beauté, c'est sans doute pas ce que tu préfères...

Il haussa les épaules.

– Du moment qu'on passe du bon temps tous ensemble, ça me va.

Chloé entendit seulement « du moment qu'on est ensemble ».

Quand ils décidèrent de faire une pause pour manger, ils ne se concertèrent pas longtemps pour opter pour un fast-food. D'une part à cause de leur budget et d'autre part parce qu'ils étaient sûrs de ne pas être séparés, ni même scannés à l'entrée.

Des télévisions accrochées aux murs diffusaient des clips. Une bande colorée défilait en bas de chaque écran pour rapporter quelques faits d'actualités : le décès d'un acteur à l'aura rouge, mondialement connu pour ses rôles de méchants ; le changement de sélectionneur à la tête de l'équipe de foot locale ; des licenciements qui provoquaient les réactions de toute la classe politique… Chloé réalisa en lisant les déclarations des extrémistes et des modérés que quelque chose d'inhabituel s'était produit. Ce n'était pas juste une fermeture d'usine de plus, comme son père l'avait vécu. Là, il s'agissait de cas isolés : deux femmes qui avaient été renvoyées parce que leur aura s'était modifiée sur leur lieu de travail. C'était la première fois que la bascule était acceptée comme motif de licenciement. Certains politiques en profitaient pour remettre sur le tapis la possibilité d'une discrimination légale lors de l'embauche, déjà évoquée lors de la dernière campagne présidentielle.

– On n'est pas dans la merde, marmonna Sophie. C'est déjà pas simple de trouver du boulot, alors s'ils nous pondent de nouvelles lois antirouges…

– Ouais. L'été dernier, je me suis fait refouler d'un restau où je venais poser une candidature pour faire des extras, raconta Ben. Autant dire que je n'ai jamais proposé mon CV !

– Tu as trouvé un autre job, finalement ? demanda Jodie, curieuse.

– Non, j'ai rouillé chez moi pendant deux mois. Même les agences d'intérim me scannaient et ne me proposaient que des missions de misère. Trop jeune, qu'ils m'ont dit. Tu parles, mon cousin

Noël, qui est bleu, a trouvé tout de suite alors qu'il n'a même pas quinze ans. C'est dégueulasse.

Chloé ne s'intéressait pas vraiment à la politique. Elle en aurait bien le temps quand elle serait en âge de voter. Pour l'instant, elle ne savait même pas ce qu'elle comptait faire de sa vie, alors le monde des adultes lui paraissait bien loin. Elle demanda aux autres quels étaient leurs plans pour l'avenir :

– Docteur, répondit aussitôt Samira.

– T'es bien partie pour, vu tes notes ! la rassura Jodie. Moi, je ne sais pas. Peut-être du journalisme ?

Mais la discussion tourna court. Les quatre rouges regardèrent leurs sandwichs comme s'ils allaient y trouver la clé de leur futur. Chloé se rendit compte que tout ce débat politique qui ne la touchait pas pesait déjà sur le quotidien de ses amis. Elle en ressentit une profonde injustice et presque de la colère envers ses parents, qui lui avaient caché cet aspect de la société.

Finalement, Florent lança :

– Je serai peut-être prof. Dans un lycée mixte, c'est possible.

– Imagine, tu finis dans notre lycée !

– L'horreur !

– Rigolez pas, si ça se trouve, il enseignera à nos gamins…

– C'est encore pire ! le chambra Ben.

Le groupe mit de côté la pression de la société pour le reste de l'après-midi, se focalisant sur le bonheur simple de s'amuser entre amis. Quand Samira quitta les autres, Chloé et Jodie lui souhaitèrent bonne chance en croisant les doigts.

– Je croyais qu'elle retrouvait des copines ? demanda Ben, qui ne comprenait pas.

– Ouais, voilà, des copines. Et peut-être une « copine », expliqua Jodie en dessinant dans l'air des guillemets avec ses doigts.

Le charmeur un peu lourdaud se frappa le front en grommelant. Quand il vit Florent se pincer les lèvres pour ne pas éclater de rire, Ben s'énerva encore plus :

– Et toi, tu le savais ! Faux frère !

Il lui fonça dessus pour lui attraper la tête et lui frotter le crâne jusqu'à ce que l'autre le supplie d'arrêter.

– J'annule ton pari débile, murmura Ben en lâchant son ami. Et je reviens au mien.

Le bruit de la fontaine centrale couvrit suffisamment ses paroles pour que Chloé ne les perçoive pas. Mais, à la mine contrariée de Florent, la jeune fille sut qu'il venait de se passer quelque chose.

Et quand Ben la regarda de nouveau avec son regard de prédateur en chasse, elle chercha le soutien des autres pour ne pas se retrouver seule avec lui.

7. Tensions

Le dimanche, toutes les chaînes de télévision et la majorité des sites Internet ne parlaient que des licenciements qui venaient d'être validés dans un grand supermarché de la capitale : pour la première fois, deux employées dont l'aura avait basculé tandis qu'elles se trouvaient en poste avaient été licenciées pour faute grave.

Chloé imagina le scandale si une caissière bleue du mégamarché, avec sa longue file d'attente, basculait au moment de s'occuper d'une cliente comme sa mère.

« L'horreur ! »

Ça ne la surprenait pas vraiment que les patrons aient fini par les renvoyer. Ils n'auraient sans doute rien pu faire d'autre pour calmer la fureur de leurs clients. Quelques mois plus tôt, Chloé aurait peut-être trouvé la situation normale. Mais, depuis qu'elle fréquentait les auras rouges du lycée, son sentiment d'injustice ne la quittait pas.

Elle fut soulagée d'entendre des associations comme Manepma s'élever contre ce procédé discriminatoire et inciter les victimes à faire appel de la décision. Mais les médias lançaient sondage sur sondage pour prouver qu'une courte majorité de la population trouvait, au contraire, que les lois actuelles n'allaient pas assez loin et que le scan à l'embauche devait être systématique, au moins dans la fonction publique.

Chloé s'enferma dans sa chambre pour ne plus entendre les débats autour d'une « jurisprudence qui risquait de faire tache d'huile » et autres témoignages des différents corps de métier dans lesquels des patrons déclaraient : « Personnellement, je n'ai rien contre les auras rouges, mais ce sont mes clients qui… »

Pourquoi les médias ne donnaient-ils jamais la parole aux rouges ? Elle en avait assez d'entendre ces auras bleues parler à leur place ou à propos d'eux comme s'ils n'avaient pas le droit de participer au débat. On aurait dit que les médias façonnaient la façon de penser des spectateurs afin qu'ils ne remettent jamais en question la division de la population. Ça fonctionnait déjà, au moins avec ses parents.

Le cocon protecteur dans lequel elle avait grandi se perçait peu à peu, laissant la noirceur du monde pénétrer sa conscience.

Même lors du repas du soir, ses parents ne changèrent pas de sujet, et elle dut subir les reproches de sa mère et ses mises en garde par rapport à son avenir qui serait compromis en cas de bascule.

– Ces deux femmes n'ont eu que ce qu'elles méritaient, déclara Mme Fournier d'un ton convaincu. Depuis le temps que je le dis ! Tu te rends compte, Fred : elles allaient sans doute voler dans la caisse.

– Enfin, maman, tu n'en sais rien ! explosa Chloé. Elles n'auraient peut-être rien fait de mal... Ce n'est pas parce que quelqu'un bascule qu'il devient tout à coup mauvais !

Elle aurait mieux fait de se taire.

– C'est ton lycée qui te met des idées pareilles en tête ? Fred, on ne peut pas lui permettre de retourner là-bas. D'abord son aura, et maintenant tu vois comment elle nous parle !

M. Fournier – qui mangeait tranquillement en laissant sa femme et sa fille s'énerver l'une contre l'autre – leva les yeux de son assiette.

– Allons, chérie, Chloé est déboussolée par les actualités, rien d'autre. Nous l'avons élevée de façon à ce qu'elle ne bascule jamais. Elle sait que nous faisons ça pour son bien, parce que nous l'aimons, n'est-ce pas, Chloé ?

La jeune fille fut obligée d'acquiescer pour ne pas vexer son père.

– Tu vois bien ce qui arrive aux rouges. Je suis sûr que tu ne veux pas être comme eux.

– Mais, Fred, reprit Mme Fournier, j'ai croisé Mme Velanchez, et elle m'a appris que certains professeurs du lycée sont rouges ! Personne ne nous l'a dit, ça, quand on l'a inscrite ! Ils doivent lui faire du bourrage de crâne.

– Non, ils..., bredouilla Chloé.

Mais son père répliqua, pour couper court à la discussion :

– À elle de se montrer forte.

– Si elle bascule, prévint Mme Fournier, nous n'aurons plus de fille.

Chloé garda les yeux fixés sur son assiette jusqu'à la fin du repas, la gorge nouée, incapable d'avaler quoi que ce soit. Et, quand elle alla se coucher, sa poitrine l'oppressait toujours. Elle ne réussit à s'endormir qu'en rêvant que sa mère se réveillait le lendemain avec l'aura rouge et subissait toutes les conséquences négatives que cela impliquait.

Mais, le matin, Mme Fournier était aussi bleue et aussi peu ouverte d'esprit qu'avant.

Au lycée, on aurait dit que les élèves avaient emporté l'ambiance pesante de leur week-end avec eux. Personne ne riait. Tout le monde murmurait, préoccupé par les débats qui évoquaient maintenant la suppression des mariages mixtes ainsi que la bascule de l'un des époux comme motif légal de divorce.

– Vous allez voir que bientôt les extrémistes vont à nouveau proposer des quartiers d'isolement, grommela Sophie, qui avait épluché les différents programmes politiques lors des dernières élections.

Ça avait beaucoup fait parler les médias, quelques mois plus tôt, mais, comme un président modéré avait accédé au pouvoir, ce point avait vite été oublié.

Chloé se rappela soudain les tracts de l'association de sa mère. Même si les médias n'en parlaient plus, certains groupes n'abandonnaient pas l'idée de séparer physiquement les auras bleues et les auras rouges pour de bon.

« Pourquoi pas un grand mur de séparation au milieu de la ville, tant qu'on y est ? » se dit-elle.

Les surveillants punaisèrent des affiches annonçant une manifestation organisée le week-end suivant, officiellement en soutien aux deux femmes licenciées abusivement, officieusement pour prôner la mixité des auras.

Même M. Plot, le prof d'histoire-géo, délaissa le programme prévu pour lancer une discussion-débat avec ses élèves. L'air de rien, il les incitait à réfléchir par eux-mêmes et à défendre leurs droits lors de la manif.

– Si vous êtes rouge, c'est votre avenir qui est en jeu… et, si vous êtes bleu, pensez à vos amis, à vos voisins, à vos enfants…

– Moi, j'veux pas d'enfants, ça chiale tout le temps ! lança Jason Verdan, l'un des deux lourdauds à l'aura bleue, qui se montraient toujours aussi idiots que le premier jour. Et puis c'est pas mon problème, tout ça. Si les rouges faisaient pas de conneries, ils auraient pas d'ennuis.

Chloé serra les dents. Et lui, il n'en faisait pas, peut-être ? Mais personne ne venait lui chercher des noises, tout ça parce que son aura le sauvait ! Quelle injustice.

M. Plot répondit calmement :

– C'est votre droit, Jason. Mais, à votre place, je ne serais pas aussi sûr que mon aura ne basculera pas un jour... Peut-être serez-vous heureux de vous sentir soutenu au moment où cela arrivera.

Cela le moucha suffisamment pour que le débat reprenne.

Ben et quelques autres rouges se montraient nerveux, prêts à en découdre si qui que ce soit les empêchait de manifester.

– Du calme, messieurs. La violence n'a jamais rien résolu. Vous voulez vraiment que les médias parlent d'un « dérapage prévisible » et vous collent une étiquette de voyou sur le dos ? Non, il faut au contraire leur démontrer que votre aura ne vous empêche pas de dialoguer, d'élever la discussion loin du clivage bleu-rouge.

Le professeur se tourna vers les filles à l'aura bleue qui n'avaient pas encore ouvert la bouche :

– Samira ? Chloé ? Jodie ? Un avis ?

La première se redressa un peu et s'éclaircit la gorge avant de prendre la parole :

– Est-ce qu'il n'est pas un peu tôt pour manifester ? Je veux dire… on entend beaucoup de choses au sujet de nouvelles lois, mais rien n'est encore en projet de façon concrète…

Quelques piques jaillirent de l'autre bout de la salle, mais M. Plot réclama le silence.

– Le problème, voyez-vous, c'est que si personne ne s'élève contre ce qui se passe… eh bien, c'est comme si nous acceptions tous la situation. Quand les projets de loi seront rédigés, il sera sans doute trop tard pour agir.

Samira hocha la tête, montrant qu'elle comprenait.

★ ★ ★

Lors du repas de midi, Ben était toujours en colère contre le monde entier. Quand Samira lui demanda de se calmer, il partit au quart de tour :

– Toi, la gouinasse, tu la ramènes pas ! À une autre époque, des gens se sont battus pour que tu puisses vivre comme tout le monde ! Même qu'avant ça t'aurais même pas eu le droit de voter ! Et, aujourd'hui, tu hésites à bouger tes fesses pour manifester ? Tu me dégoûtes.

Samira se leva, attrapa son plateau et quitta la table sans un mot.

– Tu y vas fort, commença Jodie.

– Tu veux qu'on parle de ton cas ?

Il bougea la main devant son propre visage pour évoquer la couleur de sa peau.

Chloé vit les traits de son amie se décomposer et une lueur furieuse passer dans ses yeux. Si Jodie avait craqué pour Ben, elle revenait brutalement sur terre en découvrant la véritable personnalité du garçon.

– T'es qu'un sale con, déclara-t-elle en allant rejoindre Samira.

Chloé tenta de la rattraper, mais Jodie lui fit un signe de la tête pour signifier : « On en parlera plus tard. »

Ben fixait la table d'un air concentré, ignorant Florent, Alice, Sophie et Chloé, qui étaient restés autour de lui. La seule aura bleue du groupe se sentait de plus en plus mal à l'aise. Elle chercha un indice sur le visage des autres qui confirmerait que Ben allait trop loin et se fia à l'attitude de Florent : les bras croisés, il toisait son ami comme s'il ne le reconnaissait pas. Mais personne n'osait ouvrir la bouche de peur de se prendre la colère de Ben de plein fouet.

Finalement, Sophie et Alice terminèrent leur dessert, prétextèrent une révision pour l'interro d'anglais du lendemain et s'esquivèrent à leur tour. Florent hésita un moment. Il aurait aimé que Chloé vienne avec lui jusqu'à ce que Ben ne soit plus sous pression, mais elle ne se dépêchait pas. Comme si elle attendait de se retrouver seule avec Ben.

Cette constatation fit mal à Florent, qui se leva en grommelant :

– Bon, ben j'y vais.

Il implora une dernière fois Chloé du regard, mais celle-ci lui répondit calmement :

– OK, à tout à l'heure.

Le garçon gagna le coin des plateaux sales en traînant les pieds.

Quand ils ne furent plus que deux, Ben releva enfin le menton. Chloé le jugeait en silence. Elle voulait le percer à jour, comprendre qui il était réellement. Un gars sympa, dragueur et beau parleur ? ou un extrémiste antibleus ? Elle se sentait liée à lui depuis cette nuit où son aura avait légèrement changé. Et même si elle ne ressentait plus la même attirance physique qu'avant elle voulait l'aider.

– Je déconne complètement, fit-il en soupirant.

Sa voix trahissait une véritable peine.

– Ça, on a vu.

Il attrapa les mains de Chloé.

– Mon avenir est foutu. Je n'arriverai jamais à rien. On m'a traité comme un terroriste potentiel pendant toute ma vie alors que je n'ai rien fait de mal… et maintenant… je vais faire quoi ? Vivre aux crochets d'une société qui me rejette ? Errer de job de merde en job de merde, finir sous les ponts ou en prison ?

Chloé ne put s'empêcher de serrer ses mains pour lui redonner un peu de force.

– Tu as entendu ce qu'a dit M. Plot : les lois ne sont pas passées. On va se mobiliser et tenter de faire bouger les choses. Et puis il y a des médecins qui planchent sur les bascules. Si ça se trouve, tu peux encore changer.

Sa détermination calme arracha un sourire à Ben.

– C'est une fille comme toi qu'il me faudrait. Que j'arrête mes conneries. Que je me stabilise…

Elle sourit, gênée. Était-il sincère, cette fois-ci ?

En retirant ses mains et en tournant la tête, Chloé s'aperçut que Florent n'avait pas quitté le réfectoire. Il les observait de loin. Entre les sourires et leurs mains, l'image qu'elle et Ben donnaient n'était pas forcément la bonne. Une boule d'angoisse pétrifia soudain Chloé : Ben avait-il raconté à son ami leurs baisers dans le parc ? Est-ce que cela compromettait totalement ses chances auprès de Florent ?

Elle voulait aider Ben, mais sans perdre ce bien-être évident qu'elle ressentait près de Florent.

« J'ai peut-être déjà tout gâché. »

DEUXIÈME PARTIE

8. Trahison

Amélie Marot eut le sentiment d'avoir été suivie durant tout le trajet entre chez elle et la permanence de l'association Manepma. Mais ce n'était qu'une impression liée au fait qu'elle aurait de graves ennuis si son patron, le Dr Peysson, avait vent de ce qu'elle s'apprêtait à faire.

« Il saque déjà mon travail. Ça ne peut pas vraiment être pire… »

Elle réajusta une épingle dans son chignon de danseuse. Son maintien sévère faisait oublier son jeune âge, du moins l'espérait-elle. Pas facile d'assurer sa place au milieu de ses confrères qui travaillaient tous autour de la bascule, chacun dans son domaine d'activité.

Pour le Dr Marot, c'était celui de la psychiatrie et de l'hypnose. Pas vraiment le plus réputé dans le métier. Mais sa thèse sur l'influence des émotions sur les fluctuations de l'aura avait impressionné le doyen de l'université, qui avait octroyé une importante bourse à la clinique Peysson en vue de favoriser son embauche. De là à penser que Peysson ne la respectait pas parce qu'il ne l'avait pas recrutée lui-même, il n'y avait qu'un pas.

Amélie Marot arriva devant le local de l'association, plus déterminée que jamais. De l'extérieur, on aurait dit un café, avec sa devanture vitrée, ses petites tables rondes où des groupes discutaient et le grand comptoir. Mais si un bar avait effectivement existé à cet endroit cela faisait longtemps qu'il avait été reconverti par les militants.

Elle poussa la porte, sur laquelle l'inscription « Mort aux rouges », à moitié effacée, rappelait les discriminations dont était victime une partie de la société. Le portail de scan situé dans l'encadrement de la porte bipa avec le son propre aux bleus.

Le brouhaha des conversations mourut. Des têtes se tournèrent vers la nouvelle venue. Amélie eut un mouvement de recul involontaire en sentant l'hostilité des personnes présentes, puis elle repéra son contact : un type d'une trentaine d'années aux longs cheveux blonds attachés en catogan. Mathias. Il lui fit signe de le rejoindre à sa table, tout au fond.

Les groupes reprirent leurs discussions à voix basse. De jeunes auras rouges venaient chercher des conseils pour trouver du travail. D'autres parlaient du rejet de leurs familles ou des agressions dont ils étaient victimes à cause de leur aura, parfois de la part des forces de l'ordre elles-mêmes. Ils semblaient tellement perdus. Vulnérables.

Le Dr Marot, convaincue d'agir pour le mieux, s'assit en face de Mathias.

– Bonjour, docteur. Je ne pensais pas vous revoir ici. La plupart de vos collègues ne viennent qu'une seule fois « à la source ».

– Je crois que je touche au but, expliqua-t-elle en soupirant.

Une lueur avide s'alluma dans le regard du militant prorouges.

– Vous avez trouvé comment inverser la bascule ?

– L'inverser, non, pas encore. Mais je crois en avoir identifié les raisons.

– C'est déjà formidable !

– Sauf que Peysson ne me soutient pas. J'ai peur qu'il ne finisse par étouffer mes recherches.

– Je ne comprends pas, dit Mathias. Je croyais que Peysson lançait de nouveaux protocoles pour tester ses fameuses pilules ?

– C'est un des problèmes : Peysson considère l'aura rouge comme une maladie à soigner. Pas moi.

Mathias acquiesça. L'association Manepma était dans le même état d'esprit que la jeune femme.

– Si Peysson commercialise ses pilules, continua-t-elle, les auras bleues vont se bourrer de médicaments toute leur vie et, entre nous, je ne suis pas persuadée de l'efficacité du traitement. Tôt ou tard, il y aura de nouvelles bascules, mais Peysson sortira un autre médicament miracle et continuera à gagner de l'argent sur le dos des plus crédules.

– Vous semblez bien défaitiste, observa Mathias, un sourire aux lèvres. Un traitement rassurerait vraiment une partie de la population. Savoir qu'il y a quelque chose à faire…

– Vous êtes de son côté, le coupa-t-elle, inquiète.

– Je suis du côté de l'égalité des chances, répondit Mathias. Si un médicament permet aux auras rouges que nous voyons défiler ici de devenir bleues et de sortir de la misère, alors, oui, j'ai de l'espoir.

– Vous ne devriez pas soutenir Peysson dans son projet. Les inégalités ne disparaîtront pas avec ces cachets.

Mathias ouvrit les mains dans un geste d'impuissance.

– Ce n'est pas moi qui prends ce genre de décision. Ça se passe dans les hautes sphères de l'association.

Amélie eut soudain l'impression que le monde entier était contre elle. Si même Manepma gobait tout ce que racontait Peysson, alors elle n'avait plus qu'à publier ses recherches sur Internet, où le premier clampin venu les verrait comme un hoax de plus au sujet des causes réelles de la bascule.

Elle n'aurait pas dû se faire d'illusions vu le rôle que jouait l'association auprès de la clinique.

– Pourquoi êtes-vous venue ? demanda Mathias d'un air grave.

– J'ai besoin de contacts avec les médias. Je veux être prête à diffuser mes recherches par mes propres moyens si Peysson me met des bâtons dans les roues. Si je viens de votre part, on m'écoutera.

Son air déterminé convainquit le militant, qui lui fit signe qu'il comprenait.

– Je vais voir ce que je peux faire.

– Merci.

Elle lui tendit une carte de visite où elle avait griffonné son numéro de portable.

– Ne m'appelez pas au travail. On ne sait jamais.

Mathias lui sourit comme s'il ne la prenait pas au sérieux. Il n'avait aucune idée de ce que le Dr Peysson pratiquait sur ses patients. Seul comptait le résultat. Lui et les dirigeants de l'association de défense des auras rouges n'hésitaient pas à proposer des cobayes potentiels pour aider la recherche. Au fond d'eux, ils pensaient sans doute que les bleus étaient supérieurs, sans vouloir l'admettre.

Certains bénévoles croyaient sincèrement à l'égalité. C'était eux qui protestaient les premiers lorsqu'il était question d'empêcher les rouges de donner leur sang. Les militants se raccrochaient aux beaux discours faits aux rouges pour que ceux-ci s'acceptent tels qu'ils étaient. Parce qu'il n'y avait pas d'autre choix.

« Mais combien de temps y croiront-ils encore, une fois la solution de Peysson évoquée ? »

Amélie Marot ne pouvait pas révéler les méthodes de son supérieur. Pas encore. Pas si près du but.

– Est-ce que je peux compter sur vous, Mathias ? demanda-t-elle d'une voix émue.

– Bien sûr. Alors, est-ce que vous allez me parler de vos recherches ?

Il lui fit un clin d'œil complice, auquel elle répondit, en se levant :

– Vous serez dans les premiers informés, je vous le promets. Mais je préfère réunir un maximum de preuves d'abord.

Elle indiqua sa carte de visite d'un mouvement de tête.

– J'attends votre appel.

Et elle tourna les talons, le cœur battant.

9. Avant la manif

La semaine se passa dans la même ambiance tendue. Jodie et Samira mangeaient tous les jours à part, et Chloé était gênée d'abandonner ses nouvelles amies pour rester avec les garçons. Mais elle se sentait concernée par les problèmes de tolérance liés à la manifestation… Et puis il y avait Florent.

La veille du rassemblement, Ben profita d'un intercours pour demander qui viendrait, finalement.

– J'en suis, lança Sophie. Avec mes parents et toute ma famille.

– Moi aussi, assura Alice.

Jodie et Samira se contentèrent d'un « peut-être » permettant d'éviter une nouvelle dispute.

– Chloé ? demanda Ben, en la transperçant du regard.

Elle s'empourpra.

– Oui, bredouilla-t-elle. Je viens. Enfin, si j'arrive à trouver quelque chose pour convaincre mes parents de me laisser sortir…

Ben lui adressa son plus beau sourire puis se tourna vers Florent :

– Tu viens avec nous, hein ?

Florent regarda tour à tour Chloé et Ben. Il masqua tant bien que mal son impression d'être de trop et finit par déclarer :

– Non, désolé, c'est sans moi.

Le problème ne venait pas de la manifestation, mais Ben ne le comprit pas.

– Quoi ? Mais pourquoi ?

– Je… suis encore trop bleu, au fond de moi.

Il décevait son meilleur ami, qui en profita pour se concentrer sur Chloé.

– Bon, alors, on se retrouve directement sur la place ? Au pied de la statue ?

Elle adressa un sourire déçu à Florent. Elle aurait aimé qu'il vienne avec eux, mais elle comprenait qu'il n'ait pas une âme de militant.

* * *

Le jour de la manifestation arriva. Chloé prépara ses affaires et traversa le salon familial d'un air décontracté :

– Je vais faire mes devoirs chez Jodie, mentit-elle. Je rentre après le goûter.

Mais sa mère la rattrapa avant qu'elle ne passe la porte :

– On s'arrête, jeune fille ! Où crois-tu aller comme ça ? Tu me prends vraiment pour une idiote ? Pas question que tu sortes aujourd'hui.

– Mais maman !

– Avec cette manifestation, tous les rouges seront dehors. C'est beaucoup trop dangereux. Tu restes ici, un point c'est tout.

– Mais j'ai promis à Jodie de l'aider avec ses maths…

– Eh bien, téléphone-lui ! Et si vous devez vraiment vous voir, prévoyez ça demain.

Chloé n'avait pas d'autre idée. Comme sa mère la fixait toujours, l'adolescente fit demi-tour et claqua la porte de sa chambre.

Elle s'apprêta à envoyer un texto à Ben pour le prévenir qu'elle ne viendrait finalement pas, mais la décision arbitraire de sa mère la faisait bouillonner de colère.

« Et puis merde ! »

Elle tourna le verrou de sa chambre, alluma le lecteur MP3 branché sur les enceintes et mit en route l'une de ses play-lists à tendance mélancolique, celle qu'elle écoutait quand elle boudait. Puis elle ouvrit la fenêtre. Quelques secondes plus tard, elle se retrouvait dans la rue, direction l'arrêt de tram le plus proche.

Une pensée lui fit ralentir le pas : la dernière fois qu'elle était partie comme ça de la maison, son aura avait commencé à changer. Chloé secoua la tête. Elle s'en voulait de devoir mentir à ses parents et de faire le mur, mais lui laissaient-ils vraiment le choix ? M. Plot l'avait bien dit : la force de cette manifestation dépendrait de la mixité affichée. Plus il y aurait de bleus, mieux le message de tolérance envers les rouges passerait.

Chloé pensa à Jodie et à Samira, qu'elle avait l'impression de trahir en soutenant Ben après ce qu'il leur avait dit.

« Mais il était à fleur de peau, à bout de nerfs… il ne le pensait pas. »

L'image de Florent, plutôt triste ces derniers jours, s'imposa à son esprit au moment où elle s'engageait sous le portail de scan, son certificat à la main. Et si c'était son comportement à elle qui le rendait triste comme ça ? Elle s'en voulut encore plus.

« Quand la manifestation sera passée, tout ira mieux », se convainquit-elle.

Le scan émit un bip grave, et l'employé du réseau sortit de sa guérite. Chloé brandit le papier du Dr Peysson, mais l'autre la scanna tout de même avec son détecteur manuel.

– Il y a une trop grande différence avec votre certificat, mademoiselle, déclara l'homme au gilet orange. Je suis désolé, mais vous ne pouvez pas passer par ici.

– Quoi ? Mais je suis bleue !

– Je ne pourrais pas l'affirmer. Vous avez peut-être basculé.

– Mais…

– Retournez voir un spécialiste pour qu'il le confirme. Et s'il trouve que vous êtes toujours majoritairement bleue il vous donnera un nouveau certificat faisant apparaître les mesures correctes de votre aura.

– Comment je pourrais aller où que ce soit si je ne peux plus me déplacer en tram ! rugit Chloé, révoltée par l'injustice de la situation.

– Oh, je n'ai jamais dit que vous ne pouviez pas prendre le tram ; simplement, vous ne pouvez pas passer du côté des auras bleues.

Et il lui fit signe de faire le tour pour emprunter le portail des rouges.

Sous le choc, Chloé s'éloigna de quelques pas. « Il a dû se tromper. Ce n'est pas possible. »

Le Parc-Relais n'était pas si loin, à pied. Elle pouvait se passer du tram et prendre directement le métro. Là-bas, les employés feraient peut-être moins de zèle.

Tandis qu'elle marchait, l'horreur de la situation l'empêchait de réfléchir. Qu'avait-elle fait de mal pour que son aura se modifie encore, au point de basculer ? Désobéi ? Menti ?

Et que dirait-elle à ses parents en rentrant ? Le souvenir de sa mère la forçant à prier en lui récurant les mains la fit frissonner. Qu'est-ce que ce serait la prochaine fois ? Le couvent ?

L'esplanade du Parc-Relais était noire de monde. Quelques groupes transportaient des banderoles et autres panneaux de bois avec des slogans, dont l'habituel « Mon aura n'est pas mon âme ». Chloé crut apercevoir M. Plot et quelques profs de son lycée. Une poignée d'élèves de terminale se trouvaient avec eux, le front barré d'un « non » inscrit au crayon noir.

Malheureusement pour Chloé, les effectifs des agents du réseau avaient été renforcés pour l'occasion. Et un groupe de CRS veillait à ce qu'aucun débordement n'ait lieu. Lorsqu'elle voulut passer sous le portail des auras bleues, le scan bipa de la même façon qu'à l'arrêt de tram, et on la poussa sans ménagement en direction de la file d'attente des rouges.

Ses nerfs craquèrent à ce moment-là. Elle se sentait complètement rejetée, hors du monde. Il n'était pas question de monter du côté des rouges ! Elle n'était pas comme eux !

Ses convictions toutes fraîches quant à l'injustice de la société, la pensée que les bleus et les rouges n'étaient pas si différents les uns des autres, et que ses amis n'avaient rien de criminels potentiels, tout vola en éclats. Elle était prête à se battre pour l'égalité des droits, pas à perdre son statut si protégé.

« Je n'ai pas changé. Mon aura est la même. Mon cœur, mon âme… je suis une bonne personne ! »

Si elle acceptait de laisser son minuscule changement de couleur influencer le cours de sa vie, même une seule fois, alors ce serait comme si elle avait vraiment basculé pour de bon.

Chloé s'éloigna en essayant d'oublier la foule, les rouges qui la prenaient en pitié pour avoir tenté de frauder le scan et les bleus qui la regardaient avec dégoût.

Elle finit par s'asseoir dans un coin, les joues ruisselantes de larmes. Elle percevait au loin le chuintement du métro quand les rames s'arrêtaient pour permettre aux voyageurs de monter ou de descendre, puis la série de bips avant la fermeture des portes, et le départ.

Dix rames arrivèrent et repartirent avant que Chloé sorte de sa torpeur. Et, même après ça, le choc l'empêchait de recouvrer assez de lucidité pour savoir quoi faire.

Elle attrapa son téléphone portable. La première personne à laquelle elle pensa fut Florent.

Quand il décrocha, elle gémit un petit « allô » qui se perdit dans ses larmes.

– Chloé ? Ça ne va pas ? Tu es où ?

Sa voix trahissait son inquiétude.

– Au Parc-Relais, marmonna-t-elle entre deux sanglots. Je peux pas… je peux plus… ils veulent pas me laisser passer…

– Bouge pas. J'arrive.

Florent raccrocha. Chloé ferma les yeux en enfouissant sa tête dans ses bras.

10. Film

Florent jaillit hors du tram. La gare était moins animée qu'à l'arrivée de Chloé : tous les manifestants devaient déjà être au point de rendez-vous. Peut-être même que le défilé avait commencé. Le garçon n'eut pas à chercher longtemps pour trouver son amie, prostrée dans un coin.

– Chut, ça va aller, je suis là.

Il s'accroupit face à elle et lui frotta les bras. Chloé leva son visage triste vers lui. Les larmes avaient séché le long de ses joues. Sans dire un mot, elle se jeta à son cou pour qu'il la serre fort. Le nez dans les cheveux de la jeune fille, Florent lui tapota maladroitement le dos.

Il se releva en l'entraînant avec lui, mais Chloé ne le lâcha pas une fois debout.

– C'est gentil d'être venu, dit-elle en reniflant.

Il se recula légèrement pour la regarder droit

dans les yeux, puis, d'une main hésitante, il essuya les traînées sèches des larmes de la jeune fille. Elle se laissa faire, apaisée par cette caresse qui tentait d'effacer sa peine. Florent murmura :

– Je sais ce que c'est.

Elle hocha la tête, incapable de réfléchir. Il lui semblait que ses larmes avaient drainé toutes ses émotions.

– Viens, lui dit-il.

Tout naturellement, Florent lui prit la main pour qu'elle le suive. Chloé mêla ses doigts à ceux du garçon dans un contact plus intime que tous les baisers qu'elle avait échangés jusqu'à présent.

Il ne lui proposa pas d'attendre un tram ou un métro, il la conduisit à grandes enjambées à travers le vieux centre. Tandis qu'ils marchaient, la peine de Chloé diminuait. Elle était bien avec lui, même quand ils ne parlaient pas. Un simple regard, un simple sourire échangé, et tout allait mieux.

– Florent, ralentis ! Tu vas trop vite pour moi, lui indiqua soudain Chloé.

Il modéra aussitôt son allure.

– Pardon, je…

– Voulais fuir cet endroit ?

– C'est ça.

Elle comprenait ce sentiment.

– Tu as basculé au Parc-Relais, toi aussi ? murmura-t-elle.

– Non, moi, c'était au collège. Je l'ai découvert quand j'ai franchi le portail de scan. C'était le dernier jour du brevet.

Il baissa les yeux.

– Qu'est-ce qui s'est passé après ? l'interrogea Chloé.

– Ben, tu vois, j'étais dans une école réservée aux bleus, alors, quand c'est arrivé, j'ai cru que les autres élèves allaient me jeter des cailloux ! Ils étaient déchaînés. Les profs les en ont empêchés, mais la suite a été presque pire : on m'a isolé dans une petite salle d'étude, fouillé jusqu'aux chaussettes pour vérifier que je ne cachais pas d'antisèche, et surveillé pendant toute l'épreuve. Trois heures avec un prof debout derrière ma chaise qui lisait par-dessus mon épaule, tu imagines ?

Chloé se représenta les conditions d'un tel examen. Pas sûre qu'elle aurait gardé son calme si elle avait été à sa place.

Leurs mains se séparèrent naturellement, et il leur sembla maladroit de reformer le contact, pourtant si agréable. Florent reprit :

– Après, ils ont appelé mes parents pour leur annoncer mon renvoi. J'avais terminé les épreuves du brevet et, que je l'aie ou non, je passais en seconde. Mes parents n'ont pas voulu me laisser rouiller à la maison pendant les dernières semaines. Ils m'ont collé dans le collège de Ben pour finir l'année, et c'est là qu'on s'est rencontrés.

Il se tut, le temps que Chloé intègre ces informations.

– Il y a quelque chose qui te chiffonne ? demanda-t-il en la voyant froncer les sourcils.

– Finalement, tu l'as eu ?

– Quoi ? Le brevet ? Oui.

– Et tu n'avais pas triché ?

Il se désigna, l'air exagérément blasé. Chloé traduisit par « tu me prends pour qui ? ».

– Désolée, je vérifie.

– Tu cherches quoi, au juste ?

– La raison de ta bascule. Peut-être que ça m'aidera à comprendre la mienne.

Leurs pas les menèrent jusqu'au parc, derrière la médiathèque. Le lycée n'était qu'à cinq minutes à pied, et ils se sentirent en terrain connu.

Florent indiqua des balançoires, mais le visage de Ben s'imposa à l'esprit de Chloé. Elle refusa net puis indiqua un banc un peu plus loin.

– On sera bien.

Le parc était vide. À peine un ou deux couples qui marchaient derrière des poussettes ou promenaient un chien. Toute la ville devait être à la manif, à cette heure-ci.

Une fois qu'ils se furent installés côte à côte sur le banc, Chloé reprit ses questions :

– Tu dois bien avoir une théorie, non ? Chacun a la sienne, j'ai l'impression...

– Ouais, sans doute. Je crois qu'il y a autant de raisons de basculer que d'auras rouges. Je comprends que personne ne trouve les causes du changement, ni comment l'empêcher. Pour moi... je ne sais pas. J'ai mal dormi la nuit avant que ça m'arrive. C'est peut-être lié. J'ai peut-être pensé ou fait quelque chose sans m'en rendre compte ? J'étais super stressé par l'examen, que je n'avais pas vraiment révisé. En fait, au lieu de faire mes fiches, j'avais joué à la console... Et toi ? Qu'as-tu fait de si horrible, aujourd'hui ?

Il lui demanda ça en plaisantant, et Chloé grimaça.

– J'ai menti à mes parents et j'ai fait le mur pour aller à la manif.

– Ouhhhh, je suis à côté d'une délinquante !

Elle le poussa du coude mais rit à ses mimiques faussement outrées.

– Ça va, arrête, c'est pas le truc le plus malin que j'aie fait.

– Peut-être, mais ça m'étonnerait quand même drôlement que tous les ados qui font le mur un jour dans leur vie basculent illico.

La remarque porta. Il avait sans doute raison.

– Alors, c'est autre chose.

Elle ferma les yeux en secouant la tête.

– Qu'est-ce que vont dire mes parents ! Je vais me faire tuer !

– Arrête de paniquer, tu verras bien tout à l'heure... Et puis, si ça se trouve, ils ne diront rien du tout...

Florent se tourna vers elle et proposa :

– Bon, et si on arrêtait de parler de nos auras ?

Un frisson électrisa la nuque de Chloé. Ses doutes, ses questions, ses angoisses se retrouvèrent enfouis sous la vague de chaleur qui se répandait dans son ventre.

– OK, qu'est-ce que tu veux faire ? lui demanda-t-elle, la gorge soudain très sèche.

Son cœur tambourinait dans sa poitrine.

« Ne réponds rien, idiot, et embrasse-moi ! »

– Si tu te sens de marcher encore un peu, on va jusqu'à chez moi ? On pourra regarder un film…

Une pointe de déception contracta les mâchoires de la jeune fille, qui acquiesça quand même. Le message était clair. Ce n'était qu'une question de minutes pour qu'ils échangent leur premier baiser. Le fait de devoir attendre un peu fit monter son excitation.

Mais, plus ils se rapprochaient du quartier du jeune homme, plus Chloé eut peur de s'être imaginé cette attirance réciproque.

Elle commençait à douter : voulait-il sortir avec elle, oui ou non ? Cette histoire de film était bien un prétexte, n'est-ce pas ?

Florent prenait son temps pour être sûr que Chloé ne le rejetterait pas s'il l'embrassait. Quand ils pénétrèrent dans l'appartement, le garçon crut bon de préciser :

– Mes parents sont chez ma grand-mère. Ils ne m'emmènent plus depuis… enfin, tu vois.

Elle opina sans relancer. Ses joues rosirent à l'idée qu'ils étaient seuls. La porte de l'appartement se referma, installant un écrin protecteur autour d'eux.

Florent agit comme il l'avait annoncé, en proposant des films que lui ou ses parents avaient déjà téléchargés. « Étrangement », il évita les films d'action et se focalisa sur des comédies romantiques.

Chloé n'était pas vraiment convaincue. Si leur histoire devait commencer aujourd'hui, autant choisir quelque chose de spécial. Elle étudia les cléfilms rangées près de la télé. Chaque carte en plastique, grande et épaisse comme une carte bancaire, cachait une clé USB plate. Il suffisait de la faire pivoter pour l'utiliser. D'un côté se trouvait l'affiche du film, de l'autre, le résumé et la liste des bonus.

– Ce sont de vieux trucs de mes parents, s'excusa-t-il. Mais, bon, il y a des classiques.

Chloé choisit quelques cartes et lut les résumés figurant au dos.

– Tu as déjà vu ceux-là ?

Elle lui tendit *Casablanca* et le reboot de *West Side Story*.

– *Casablanca*, c'est en noir et blanc. Je crois que je me suis endormi devant la dernière fois que mes parents l'ont mis… mais, bon, j'étais petit.

– *West Side Story*, c'est un peu comme Roméo et Juliette qui chantent et qui dansent, annonça Chloé, se fiant au résumé.

Le reboot surcolorisé datait des années 2030. Le réalisateur avait choisi de conserver les dialogues d'origine, mais avait accentué les fluctuations des auras pour renforcer l'évolution des personnages.

– On peut essayer !

Florent introduisit la cléflim dans la box familiale, et il s'installa près de Chloé. Quelques secondes plus tard, les Jets – aura bleue – et les Sharks – aura rouge – s'affrontaient devant les yeux des adolescents fascinés.

– C'est génial, murmura Chloé, transportée par l'ambiance et par l'histoire.

– Sûr.

Et puis il y eut la scène du bal, où Tony et Maria tombent amoureux. La musique et les danses cessèrent autour d'eux. Ils étaient enveloppés d'un cocon magique qui les isolait des rivalités de leurs mondes. Leurs auras formaient un seul halo brillant, comme si leurs énergies se mêlaient.

Florent et Chloé se tendirent, en empathie totale avec les personnages. Puis la musique reprit, séparant les amoureux durant leur premier baiser. La frustration des deux spectateurs les fit retomber au fond du canapé, ils échangèrent un regard gourmand, complice, et cédèrent enfin à leurs propres pulsions. Les deux adolescents se rapprochèrent l'un de l'autre en même temps jusqu'à ce que leurs bouches se touchent. Une bouffée de chaleur les enveloppa tandis que leurs lèvres s'entrouvraient et que leurs langues se découvraient. Chloé glissa ses mains derrière la nuque de Florent. Ses doigts s'égaillèrent dans les cheveux courts du garçon. Celui-ci caressa le dos de Chloé tout doucement, en l'effleurant à peine, ce qui électrisa davantage les sens de la jeune fille. Leurs bouches se mêlaient, douces, chaudes, tendres et goulues. Les mains passèrent sous les vêtements pour caresser la peau de l'autre.

La télévision fut oubliée, et l'histoire tragique de Tony et Maria devint un fond sonore pour le jeune couple. Chloé ne s'était jamais sentie aussi bien. Chaque geste, chaque contact la transportait. Chaque baiser lui donnait envie d'en recevoir un autre. D'en donner un autre. De mordiller cette lèvre offerte, de glisser sa main un peu plus loin sous le tee-shirt de Florent, et que le jeune homme couvre chaque centimètre de son corps de la chaleur de ses caresses.

Mais il s'arrêta soudain, haletant.

– Ça ne va pas ? demanda Chloé, inquiète.

Elle craignait d'avoir fait quelque chose de mal.

– Ça va très bien, répondit-il avec un sourire, en volant un petit baiser. Mais ça va peut-être même trop bien, non ? Je veux dire… on ne va pas un peu vite, là ?

Chloé se sentit fondre complètement pour ce garçon non seulement adorable, qui l'embrassait divinement, et qui, en plus, s'inquiétait de la suite des évènements. Quand il la touchait, Chloé oubliait ses grands principes sur ses « six mois avec le même garçon avant d'envisager d'aller plus loin ».

– Enfin, on peut continuer encore un peu, hein, déclara-t-il. Il faudra juste m'arrêter avant que je perde totalement le contrôle de mon cerveau.

Pour toute réponse, Chloé plaqua de nouveau sa bouche sur celle de Florent. Il la fit basculer sous lui et ils roulèrent au bas du canapé, trop concentrés sur leurs sensations pour s'en préoccuper.

Mais quand Chloé sentit l'érection de Florent contre sa cuisse, la réalité de ce « aller plus loin » lui apparut soudain beaucoup trop clairement. Elle n'était pas prête ! Entre les informations théoriques et la présence concrète d'un sexe tendu collé à elle, il lui fallait avancer par étapes pour découvrir ce corps et les réactions du sien.

– Attends, murmura-t-elle, les joues en feu.

Il s'arrêta à contrecœur.

– Tu as raison, ça va trop vite. Mais c'est vraiment agréable.

Ils se relevèrent, réajustèrent leurs vêtements débraillés et reprirent leur place sur le canapé tandis qu'Anita chantait à quel point elle aimait être en Amérique.

– C'est dommage, on n'a pas suivi le reste de l'histoire, constata Florent. Tu crois qu'on va comprendre la suite quand même ?

– Je ne sais pas.

« On va sans doute recraquer directement à la prochaine scène d'amour ! », estima mentalement Chloé.

– Arrête le film, reprit-elle. On le regardera en entier un autre jour.

Florent acquiesça et s'activa près du boîtier. Quand il retira la cléfilm de la box, la télévision bascula sur des images en direct. Il était question des manifestations qui avaient lieu un peu partout en France au même moment.

– Eh, on va peut-être voir Ben ! lança Florent en se rasseyant.

Mais, très vite, leur désir et leur excitation disparurent pour de bon. Et ils espérèrent de tout cœur ne pas apercevoir leur ami au milieu des images horribles qui défilaient devant leurs yeux.

11. Réalité

Dans un coin de l'écran, on pouvait lire le mot « direct ». En bas, sur des bandeaux, des noms de villes se succédaient en fonction des lieux de prises de vues. Partout, des manifestants ployaient sous les coups des forces armées. Certains, menottés, s'entassaient dans des camions de CRS. Les autres criaient en fuyant. Des volutes de fumée rouge ou blanche masquaient l'arrière-plan. Une femme au visage couvert de sang traversa l'écran en courant avant de disparaître dans une ruelle. Les pancartes brisées, sur le sol, se faisaient piétiner par les protagonistes des deux bords. L'inégalité du combat apparaissait clairement : d'un côté, les CRS aux matraques levées, caparaçonnés des pieds à la tête, protégés par leurs immenses boucliers transparents ; de l'autre, des étudiants, des lycéens et des adultes de tous âges à l'apparence peu menaçante. L'horreur se lisait sur leurs visages. Personne ne comprenait ce qui se passait.

– Va sur une chaîne d'info, dit Chloé d'une voix blanche.

Florent zappa et le visage d'une journaliste apparut. Elle expliquait d'un ton neutre :

– L'appel pacifiste des associations organisatrices de cette manifestation pour l'égalité des droits entre auras n'a pas été entendu. Les forces de l'ordre ont constaté que de petits groupes d'agitateurs postés en début et en fin de cortège n'hésitaient pas à les provoquer. Les premiers débordements ont commencé dans la capitale, vers 14 h 30. Les réseaux sociaux les ont immédiatement relayés. Dans chaque autre ville, des groupes similaires ont alors réagi par les mêmes provocations. Suivant les directives préfectorales, les forces de l'ordre sont intervenues pour endiguer la violence au plus vite.

Elle laissa la parole au maire d'une importante agglomération, aura bleue notoire et grand militant pour l'égalité. Il tenait un mouchoir ensanglanté contre son front. Un groupe compact de manifestants faisait bloc autour de lui tandis qu'à l'arrière-plan les affrontements continuaient.

– C'est intolérable ! C'est une atteinte à la liberté d'expression ! Les CRS sont là pour casser du rouge ! Si le président cherche à museler la rue, il n'y arrivera pas !

Le plan suivant fit apparaître le capitaine des CRS de la métropole, qui déclarait :

– C'est la première fois que nous sommes obligés de juguler autant de conflits. Les auras rouges et leurs sympathisants ne voulaient pas d'une marche pacifique : nous avons fouillé plusieurs interpellés, et tous cachaient des armes sommaires sur eux.

– Tu vois Ben ? demanda Chloé à Florent.

Dès que le nom de leur ville apparaissait à l'écran, ils scrutaient chaque silhouette, chaque visage pour apercevoir leur ami.

– Là ! s'exclama Florent en faisant un bond. C'est M. Plot ! Trop tard.

Leur professeur d'histoire avait surgi quelques secondes. Pas suffisamment longtemps pour qu'ils vérifient s'il allait bien.

Chloé sortit son téléphone portable. Elle essaya d'appeler Ben, mais tomba sur son répondeur. Elle raccrocha et recommença. La panique fit trembler ses doigts. Elle imaginait le pire.

– S'il est dans ce carnage, il ne peut pas entendre la sonnerie, fit valoir Florent pour l'apaiser.

Rien de ce qu'ils voyaient ne leur permettait d'espérer que leur ami aille bien. Si les manifestants s'étaient réellement organisés avec des armes, comme le CRS le disait, l'affrontement aurait tourné à la guerre civile. Là, c'était juste un massacre.

Dans la capitale, les CRS mirent en place d'immenses lances à incendie et dispersèrent la foule à grands jets d'eau sous pression. Des cris déchirants couvraient les commentaires des journalistes. L'un des caméramans filma une rue vide au sol mouillé. Une chaussure abandonnée dérivait dans le caniveau. Elle fut stoppée par une banderole brisée de « Mon aura n'est pas mon âme », juste avant une bouche d'égout.

Quelques responsables politiques, interrogés par téléphone, réagissaient en direct. Des extrémistes parlaient de « couvre-feu à instaurer » et de « l'incompétence du gouvernement en place, qui n'aurait jamais dû tolérer ce rassemblement ». L'une des deux femmes à l'aura rouge dont le licenciement pour faute grave avait servi de point de départ à ces manifestations témoignait, en larmes :

– Il faut que chacun rentre chez soi s'occuper de ses proches... Notre combat n'est pas terminé, mais nous ne pouvons plus être entendues aujourd'hui.

Les images des accès aux métros, bondés, faisaient froid dans le dos. Les gens se poussaient, prêts à s'écraser les uns les autres pour échapper aux CRS. Des arrestations massives et musclées avaient lieu un peu partout.

Chloé tripota son portable.

– Essaye, toi, proposa-t-elle à Florent. Peut-être qu'il ne veut pas me répondre. Peut-être qu'il m'en veut de l'avoir laissé y aller tout seul...

Une vague de culpabilité lui fit monter les larmes aux yeux.

– Ce n'est pas ta faute, murmura Florent en la prenant dans ses bras. Tu ne pouvais pas savoir.

Elle le repoussa doucement. Dire que pendant qu'ils s'embrassaient sur ce canapé leurs amis risquaient leur vie ! S'ils recommençaient, quel autre malheur arriverait-il ?

– J'essaye de l'appeler, annonça Florent.

– OK. Je tente Alice et Sophie, peut-être qu'elles sont avec lui.

Florent ne réussit pas à avoir Ben. Il décida de lui envoyer un SMS pour que son ami le rassure au plus vite.

Chloé eut plus de chance. Alice ne décrocha pas, mais Sophie finit par répondre juste avant que la messagerie vocale prenne le relais.

– Allô ?

Derrière elle, on entendait le brouhaha de la foule.

– Sophie ! Tu vas bien ? On a vu les infos...

– Ouais, je suis entière. Alice est sous le choc, mais mes parents s'occupent d'elle. On rentre, là. Tu es où, toi ?

– Avec Florent. On n'a pas pu venir, s'excusa-t-elle en se mordant les lèvres.

À cet instant précis, aucune bonne raison ne lui effleurait l'esprit. Pourquoi n'était-elle pas avec les autres ? Malgré la trouille qui la paralysait à l'idée de se retrouver au milieu de toute cette violence, rester en dehors semblait une torture bien pire.

– Tu as vu Ben ? demanda-t-elle encore.

Le brouhaha couvrit en partie la réponse de Sophie, mais Chloé entendit la fin :

– … pas avec nous.

Le téléphone bipa.

– Double appel ! hurla Chloé. C'est peut-être lui. Soyez prudents en rentrant !

– Ça marche. À lundi.

Chloé supplia intérieurement le dieu des téléphones pour entendre la voix de Ben sur l'autre ligne. Mais c'était Jodie.

– Tu vas bien ? lui demanda celle-ci.

– Oui, oui, t'inquiète, je n'y suis pas allée, finalement.

– Ouf, j'ai eu une de ces peurs ! Je ne te voyais nulle part sur les images, et comme ils disent qu'il y a eu des morts, dans la capitale…

– J'ai eu Alice et Sophie, elles vont bien. Mais on n'arrive pas à joindre Ben.

Jodie laissa passer un blanc. Sans doute pour retenir une pique à l'intention du charmeur qui l'avait profondément blessée. Pas question de dire qu'il l'avait mérité. Ce qui se déroulait en ce moment était beaucoup trop grave.

– On verra bien lundi, au lycée. Je suis sûre qu'il nous racontera.

Sa voix tremblait.

– J'espère.

– Bye, ma belle.

Jodie raccrocha. Chloé resta quelques secondes prostrée, à fixer son téléphone. Florent s'assit près d'elle et lui passa un bras autour des épaules.

– Ça va aller.

Elle hocha doucement la tête.

– Viens, je te raccompagne jusqu'à chez toi, proposa-t-il.

Chloé se laissa guider dans la ville, complètement groggy par le choc de ces images, qui lui revenaient sans cesse devant les yeux. Tant de cris, de sang, de violence… et ce n'était ni un film ni de vieilles archives d'une guerre aux enjeux flous. Ça se passait maintenant. Chez eux.

– Apparemment, il y a eu des morts dans la capitale, murmura-t-elle.

Florent prit sa main, la serra pour la rassurer, mais ne dit rien.

Chloé fit stopper le garçon bien avant d'arriver à destination.

– Il vaut mieux que tu t'arrêtes là, au cas où…

Elle redoutait déjà la réaction de ses parents face au changement de son aura, alors, si en plus ils la voyaient dehors avec Florent, elle risquait de se retrouver dans un couvent dès le lendemain.

– Je t'appelle si j'ai du nouveau, lui dit-il en se plaçant face à elle.

– Moi aussi.

Il se pencha pour l'embrasser, et une vague brûlante déferla dans le ventre de Chloé. Malgré l'horreur de la situation, elle ne pouvait pas nier le plaisir qu'il lui procurait. Elle lui accorda un sourire, vola un baiser supplémentaire pour profiter une dernière fois de ses lèvres et se détourna avec un petit signe du bout des doigts.

Florent ne bougea pas jusqu'à ce qu'elle disparaisse derrière le portail.

Chloé remarqua l'absence de musique dans sa chambre en posant les mains sur le rebord de la fenêtre. Elle comprit aussitôt que son départ avait été découvert. La porte d'entrée s'ouvrit en grand et ses parents jaillirent, furieux.

– Où étais-tu passée ? Nous étions morts d'inquiétude !

– J'ai dû forcer la porte de ta chambre ! hurla son père à son tour.

Chloé pénétra dans la maison la tête basse. Au salon, la télévision transmettait toujours la fin des manifestations en direct. De plus en plus de personnalités politiques intervenaient pour donner leur avis. La jeune fille ne put s'empêcher de chercher Ben sur l'écran, mais sa mère éteignit le poste.

Quand celle-ci sortit son portable pour scanner sa fille, Chloé ne supporta pas l'idée de subir une nouvelle fois l'extrémisme de ses parents. Elle releva le menton et arracha le téléphone des mains de sa mère.

– Rends-moi ça !

– Pas question. Regarde-moi, maman ! Je suis ta fille. Un être humain. Et toi, toi, tu ne me demandes pas comment je vais, tu me scannes ! Comme si ça allait répondre à toutes tes questions !

– Fred, tu as vu comment elle me parle ?

– Je n'étais pas à la manif, si vous voulez tout savoir ! Mais j'aurais aimé y être, oui ! Et des amis à moi sont peut-être blessés à l'heure qu'il est, mais, ça, vous vous en fichez !

– Chloé, calme-toi, gronda son père.

– Oh, je vais me calmer, mais seulement quand vous me traiterez comme une personne à part entière, et pas un problème sur pattes !

Des larmes de colère et de frustration perlaient au coin de ses yeux.

– Tu as désobéi à ta mère en sortant sans sa permission, rétorqua son père en tentant de maîtriser sa propre colère. Si tu veux être traitée en adulte, comporte-toi en adulte ! Et obéis aux règles.

Chloé croisa les bras sur sa poitrine. Même si elle était en tort, elle ne l'avouerait jamais.

– Maintenant, rends le téléphone à ta mère.

– Pas si elle me scanne.

Il se pinça l'arête du nez en fermant les yeux.

– Je ne te reconnais plus, ma petite fille.

Mais Chloé entendit « tu as trop changé pour être encore ma fille ».

– D'accord, céda-t-il finalement en soupirant. Nous ne te scannerons pas aujourd'hui. Mais tu seras quand même punie pour avoir fait le mur.

Chloé tendit le téléphone et sa mère l'attrapa, mais la jeune fille ne le lâcha pas.

– Plus de scan. Ni aujourd'hui. Ni demain. Ni jamais.

Mme Fournier regarda sa fille droit dans les yeux et déclara :

– On retournera voir le Dr Peysson. Et si ton aura a encore changé…

– Vous ferez quoi ? lança Chloé avec mépris.

– On te laissera prendre ton indépendance, répondit sa mère avec un sourire. Puisque tu es si maligne, tu vas pouvoir te débrouiller toute seule dans la vie.

Elle menaçait clairement de la mettre à la porte. À cause du ton faussement doux qu'elle employait et de son sourire trop appuyé, Chloé eut un doute. Le ferait-elle ?

– Si tu as complètement basculé, crois-moi, tu n'auras pas besoin de passer par la fenêtre de ta chambre pour quitter la maison.

Son père baissa les yeux. Chloé comprit que sa mère ne cherchait pas à lui faire peur.

Elle hocha lentement la tête et ouvrit la main pour libérer le téléphone.

12. Après la manif

Le dimanche, Chloé évita au maximum ses parents. Comme promis, ils ne la scannèrent pas, mais l'ambiance était tendue, d'autant qu'ils restreignaient toujours son accès à Internet. Les programmes télé oscillaient entre des débats sur l'ouverture de centres de « répression préventive » pour les auras rouges et la question des lois de discrimination à l'embauche.

Aucun de ses amis du lycée ne la contacta par téléphone ou même par un simple SMS. Elle en envoya plusieurs à Ben en espérant que celui-ci ne se méprenne pas sur ses intentions.

« Je ne le drague pas, je vérifie juste qu'il va bien ! »

Le silence de son ami l'inquiétait, mais elle ne voulait pas lui faire croire à une possible seconde chance entre eux.

Florent ne l'appela pas, et elle pensa que si elle l'appelait directement il la verrait peut-être comme une fille trop pot de colle et la laisserait vite tomber. Alors elle résista à la tentation pendant toute la journée.

Mais une autre pensée l'obsédait. Avait-elle totalement basculé ? Les scans du réseau étaient-ils assez précis pour l'affirmer ? Non, sans doute pas. L'employé qui l'avait contrôlée à son arrêt habituel avait surtout dit que son aura avait changé par rapport au certificat du Dr Peysson. C'est tout.

Prenant son courage à deux mains, Chloé dégaina son téléphone puis pianota pour mettre en marche la fonction appareil photo avec l'appli Aura.

Elle le tendit à bout de bras pour ce selfie qui lui en dirait plus. Elle inspira profondément alors que ses membres tremblaient. L'avertissement de sa mère ne la quittait pas : « Si tu as complètement basculé… »

Chloé expira lentement avant d'appuyer sur le bouton. Une bouffée d'adrénaline remplaça la peur tandis qu'elle retournait l'appareil pour regarder la photo.

Il y avait encore du bleu, ce qui, en soi, était rassurant.

« Pas de bascule totale ! »

La répartition des couleurs ne montrait pas qu'une teinte dominait l'autre. Il y avait même des zones plutôt violettes aux intersections des taches colorées. Seul un spécialiste comme le Dr Peysson pourrait établir un pourcentage précis. À l'œil, Chloé évalua son aura :

« Cinquante-cinquante. »

Si ses parents rompaient leur promesse et la scannaient en douce, ils seraient furieux, mais n'auraient pas la certitude de pouvoir la mettre à la porte.

« Pour l'instant. »

Au fond d'elle, Chloé savait qu'un jour elle finirait rouge. Une fois la bascule amorcée, le bleu ne pouvait que perdre du terrain.

« Va falloir se faire à l'idée… »

★ ★ ★

Son cœur battait à tout rompre tandis qu'elle approchait de l'arrêt du tram, le lundi matin, pour aller au lycée. L'angoisse nouait son estomac. Pour la première fois de sa vie, elle se dirigeait vers la partie du quai des auras rouges.

Elle décida d'agir vite, sans se poser de questions, de peur de se retrouver à nouveau figée derrière les barrières. Cette fois-ci, elle devait y aller. Elle serra son sac contre elle dans un réflexe de protection, inspira pour se donner du courage et passa sous le portail de scan en fermant les yeux.

Quand elle monta dans le wagon aux fenêtres rayées par des coups de couteau, elle eut encore un mouvement de recul face à la foule compacte, mais tint bon. Le souvenir du visage de Florent, souriant derrière la vitre du métro lors de leur virée, lui revint en mémoire.

« Moi aussi, je suis de l'autre côté de la vitre, maintenant. »

Autour d'elle, les voyageurs semblaient tristes, fermés, mais en aucun cas dangereux. Ils étaient beaucoup plus nombreux que du côté bleu, et la proximité rendait le trajet inconfortable tant les odeurs corporelles se mêlaient. Un couple de personnes âgées avec des paniers pleins de légumes avait réussi à trouver des places assises. Deux filles du lycée bouquinaient côte à côte, accrochées à une barre. Quelques garçons riaient fort dans le fond. L'un d'eux avait le côté du visage tuméfié, un autre portait un bras en écharpe. Conséquence de la manif, sans doute. Ils lui rappelèrent aussitôt Ben et Florent.

– Tu vas vite t'habituer, lui dit une voix chevrotante mais douce.

Chloé se tourna et fit face à son voisin, le petit vieux soupçonné d'avoir tué son chat. Il ressemblait de plus en plus à un gentil grand-père un peu seul.

– Vous croyez ?

Le regard du vieil homme se perdit au loin, entre une vérité trop difficile à avouer et un mensonge qui l'aiderait à supporter le quotidien.

* * *

Arrivée devant le lycée, Chloé posa le pied sur le trottoir en humant l'air de la ville. Ça sentait l'âge adulte. La liberté mêlée aux responsabilités. Le début de sa nouvelle vie.

Elle marcha jusqu'au préau, la tête haute, même en passant sous le portail de scan de l'entrée.

Florent et Jodie discutaient, adossés à un pilier. Chloé les rejoignit sans attendre.

En la voyant, Florent s'illumina. Il l'accueillit avec un immense sourire et, comme elle le lui rendait, il l'embrassa à pleine bouche en la serrant contre lui. Chloé ferma les yeux et s'abandonna à ces retrouvailles qui confirmaient que tout allait bien entre eux.

– Eh ben, je vois que j'ai raté quelque chose, se moqua Jodie, les yeux brillant de malice.

Les amoureux mirent fin à leur baiser à contrecœur, mais restèrent collés l'un à l'autre.

– Je suis trop contente pour vous ! continua leur amie. Il va falloir tout me raconter !

– Plus tard, d'accord ? proposa Chloé, qui préférait une discussion de filles sans Florent pour donner des détails à son amie.

Jodie acquiesça avec un clin d'œil entendu. Florent demanda alors à Chloé :

– Ça va, tes parents ? Ils ne t'ont pas posé de problème ?

Elle grimaça, amère.

– Oh, si peu. C'est pas comme s'ils m'avaient surprise en train de rentrer chez moi en douce et avaient menacé de me mettre à la rue si j'avais basculé…

– Aïe.

– Ton aura a changé ? demanda Jodie d'une voix inquiète en regardant tour à tour chacun des deux amoureux.

– C'était *avant*, répondit Chloé en insistant. Ce n'est *pas* contagieux.

– Mouais. Alors, tu es rouge, maintenant ?

– Cinquante-cinquante, je dirais.

– Tes parents cherchent à te faire peur, la rassura Florent. Mon père m'a aussi menacé de beaucoup de choses… mais il n'est jamais passé à l'acte.

– Je ne sais pas, soupira Chloé. Les miens sont différents. Comme s'ils s'étaient attendus à ce que je bascule, comme s'ils avaient anticipé ce moment dès ma naissance et pouvaient enfin me rejeter comme prévu.

Un silence passa entre eux et Chloé, gênée, changea de sujet.

– Quelqu'un a des nouvelles de Ben ?

– Non, s'excusa Florent. Je suis passé chez lui, hier, mais ses parents n'ont pas voulu m'ouvrir. Il ne répond pas au téléphone, ni aux textos. La dernière fois que j'ai tenté de l'appeler, je suis tombé directement sur la messagerie, comme s'il n'avait plus de batterie… Je lui ai écrit un mail, au cas où.

Jusqu'à la sonnerie les obligeant à gagner leur classe, ils fixèrent la porte d'entrée avec l'espoir de voir apparaître leur ami.

Mais Ben ne vint pas, ce jour-là. Ni les suivants.

Quelques lycéens, profs et surveillants, blessés lors de la manif, revinrent en cours les uns après les autres et, chaque fois, une foule de fouineurs se pressait autour d'eux pour avoir des informations « de l'intérieur ».

Chloé faisait partie de ces curieux. Elle ne supportait pas l'idée de délaisser leur ami une fois de plus. Elle l'avait déjà abandonné lors de cette manifestation horrible, malgré sa promesse de l'aider dans son combat pour l'égalité. Alors elle demandait systématiquement si quelqu'un avait vu Ben là-bas et ce qu'il était devenu. Mais personne ne pouvait lui confirmer sa présence avec certitude.

Un jour, alors qu'ils passaient une heure de permanence au foyer des élèves, vautrés dans des fauteuils en mousse, Florent s'assombrit quand elle parla une nouvelle fois de leur ami introuvable.

– Je vais commencer à être jaloux, là. Qu'est-ce qui te pousse à t'accrocher à lui comme ça ?

– Je… me sens responsable, répondit-elle, les yeux baissés. Si j'avais été avec lui pendant la manif, peut-être qu'il serait avec nous en ce moment.

– Ou peut-être que je serais mort d'inquiétude pour deux personnes au lieu d'une.

– Tu vois ce que je veux dire, dit-elle en posant la tête sur l'épaule de Florent.

– Oui. Moi aussi, je culpabilise de l'avoir abandonné, sans rien faire. Mais, toi, tu le connais seulement depuis la rentrée, et tu sembles si fascinée…

– Ma parole, mais tu es vraiment jaloux !

Florent fronça le nez, et Chloé l'embrassa pour le rassurer. Puis elle expliqua :

– J'ai du mal à le cerner. C'est un dragueur qui fait le malin, mais les quelques conversations qu'on a pu avoir en petit comité me donnent l'impression qu'il est plus fragile qu'il en a l'air. Que quelque chose est brisé en lui et qu'il a besoin d'aide.

– C'est vrai qu'il a un côté gros nounours en détresse, parfois. Mais ce n'est pas forcément ton rôle de l'aider.

Chloé prit les mains de Florent.

– C'est ton ami. Tu sais ce qu'il y a au-delà de la façade qu'il montre à tout le monde. Ben vaut sans doute mieux que ce que les gens pensent de lui… Et j'ai confiance en ton jugement. Je veux à tout prix savoir ce qu'il est devenu parce que, sinon, on s'inquiétera toujours pour lui, on culpabilisera de l'avoir abandonné pour vivre notre histoire…

– Donc, tu agis aussi pour nous ? demanda Florent d'une petite voix remplie d'espoir.

Chloé lui sourit. Il était craquant quand il doutait.

– Je suis avec toi, maintenant. Et le retour de Ben ne changera pas ça.

Florent parut un peu rassuré. Chloé lui offrit quelques baisers torrides pour achever de le convaincre et, s'ils ne s'étaient pas trouvés au milieu d'une salle pleine d'autres élèves, les deux amoureux auraient volontiers poussé les caresses un peu plus loin. Mais, une fois encore, leur désir devrait attendre.

– Il faut qu'on retourne chez ses parents, décida Chloé. Ils doivent savoir quelque chose.

– Il y a le commissariat, aussi. S'il est porté disparu, ils nous le diront.

Chloé hocha la tête. Ils ne laisseraient pas tomber leur ami.

Un désagréable pressentiment l'étreignit :

« Si on ne le retrouve pas, si on ne sait pas ce qu'il est devenu, Florent et moi ne pourrons jamais être complètement heureux. Il restera comme un spectre entre nous. À chaque baiser, à chaque caresse, une part de moi pensera à Ben. »

13. Où est Ben ?

Après les cours, Florent et Chloé se rendirent directement jusqu'au quartier de Ben en tram. Les immeubles défilaient devant leurs yeux. Des touches de couleurs vives tentaient de détourner l'attention du délabrement des panneaux solaires des façades. La carcasse d'une voiture brûlée invitait les simples passants à se montrer prudents dans le quartier.

Malgré ce paysage peu attractif, les deux amoureux apprécièrent de prendre le tram ensemble sans être séparés par une vitre. Pour quelques minutes, ils oublièrent leurs problèmes. Mais, dès qu'ils gravirent l'escalier de l'immeuble de leur ami, leur boule au ventre revint.

Ils s'encouragèrent l'un l'autre avant de frapper.

Mme Rhodier, la mère de Ben, leur ouvrit. Elle reconnut tout de suite Florent et ses yeux s'emplirent d'angoisse.

– Bonjour, madame, est-ce que Ben est là ?

Les adolescents s'attendaient à ce qu'elle leur ferme la porte au nez, mais elle leur fit signe d'entrer.

– Mon mari est sorti. Il serait furieux que je vous parle.

Elle se tordait les mains, gênée. Elle ouvrit puis ferma plusieurs fois la bouche, comme un poisson coincé hors de l'eau. Finalement, elle se lança, d'une seule traite, sans respirer :

– Est-ce que vous avez des nouvelles de mon fils ? Est-ce qu'il va bien ?

– Désolé, madame Rhodier… on ne sait pas où il est. On pensait que peut-être vous…

Elle balaya la suite de la phrase d'un revers de main.

– Il n'est pas rentré de la manif de l'autre jour, et je n'ai pas pu le joindre depuis.

– Nous non plus.

– J'ai fait le tour des hôpitaux, sans succès. Je voulais aller signaler sa disparition au commissariat, mais…

Elle serra ses bras autour d'elle, comme si elle avait froid.

– Votre mari n'est pas d'accord ? avança Chloé d'une voix douce pour l'encourager.

La mère de Ben hocha la tête en retenant ses larmes.

– J'ai si peur, gémit-elle.

Florent ne savait pas trop comment l'apaiser. Il jeta un regard à Chloé pour lui proposer de repartir, mais celle-ci fronça les sourcils. Elle incita Mme Rhodier à s'asseoir et prit place à ses côtés sur le canapé. Le garçon resta les bras ballants à regarder les photos encadrées sur les murs. Sur les clichés où l'appli Aura avait été déclenchée, on voyait clairement l'aura rouge de Ben, celle, identique, de sa mère et le halo bleu vif de son père. Seule une photo du mariage des parents les montrait tous les deux avec une aura bleue.

– Nous allons vous aider à le retrouver, promit Chloé.

– C'est trop dangereux, souffla Mme Rhodier. Les médias ne nous disent pas tout… Je suis sûre que d'autres comme Ben ont été enlevés !

Ses yeux roulaient dans ses orbites, comme à l'affût d'un danger. Elle avait l'air d'avoir perdu la tête. Mais, même si Mme Rhodier souffrait de paranoïa aiguë, Chloé trouvait qu'il y avait un fond de vérité dans ses craintes : les médias manipulaient l'opinion publique pour entretenir le clivage bleus-rouges. La disparition d'un ado comme Ben ne ferait pas les gros titres, sauf s'il volait une voiture, braquait une banque ou tuait quelqu'un.

– C'est pour ça que mon mari ne me laisse pas aller au commissariat, continua-t-elle. Il pense que je n'en ressortirai jamais. Que je disparaîtrai, comme Ben. Oh, mon pauvre petit.

– Ce n'est pas votre faute, lui assura Chloé en lui tapotant les mains.

– C'est à cause de moi s'il a l'aura rouge, vous savez. J'étais enceinte de lui quand j'ai basculé. J'ai dû lui transmettre quelque chose, sans le vouloir.

« Pourtant, ce n'est pas contagieux... », pensa Chloé.

– Mon mari ne l'avouera jamais, mais il sait que je suis responsable de cette situation. Je suis sûre qu'il m'en tient rigueur. Et il en veut à Ben aussi. Il ne l'a jamais vraiment traité comme son fils... et, aujourd'hui, il me demande de l'oublier.

Cette fois-ci, c'est Chloé qui chercha le regard de Florent. Il lui désigna la porte d'un geste du menton. La jeune fille acquiesça discrètement.

– Madame Rhodier, nous allons faire tout notre possible pour savoir où se trouve Ben, et s'il va bien. On vous tiendra au courant.

Chloé se leva sous l'œil humide et perdu de la mère de Ben.

– Qu'est-ce que je vais dire à son père ?

– Rien du tout pour l'instant.

Florent la salua avant d'ouvrir la porte d'entrée :

– Prenez soin de vous, madame Rhodier. À bientôt.

Elle les raccompagna en se tordant les mains.

– Et si vous revenez quand mon mari est là ?

Chloé et Florent se concertèrent. Aucun des deux n'avait l'intention de revenir. S'ils réussissaient à retrouver Ben, celui-ci rentrerait chez lui. S'ils échouaient…

– On cherchera un moyen de vous informer discrètement, affirma Florent, confiant.

Les deux adolescents hochèrent la tête et s'engagèrent dans le couloir. Ils ne rompirent le silence qu'une fois arrivés sur le trottoir.

– On n'est pas beaucoup avancés, constata Florent, déçu.

– Au moins, on n'a pas à chercher du côté des hôpitaux.

Au bout de la rue, un grand bruit de verre brisé les fit sursauter. Une bande de quatre ou cinq grands types plutôt baraqués venaient de casser la vitre d'un arrêt de bus. D'habitude, personne n'était témoin de ce genre de dégradation. Ou, en tout cas, tout le monde fermait les yeux pour ne pas avoir affaire aux voyous avides de représailles. Chloé reconnu la silhouette de Jason Verdan et celle de son ami, pas plus malin que lui, Freddy Marchand. Deux auras bleues de leur classe.

– Tirons-nous.

Florent attrapa le bras de Chloé pour l'entraîner dans la direction opposée, mais la bande les aperçut.

– Hé ! Ces deux-là nous ont vus !

– On va leur apprendre, à ces rouges !

Les garçons se mirent à courir vers eux. Chloé et Florent, électrisés, s'enfuirent aussi vite qu'ils le purent.

Un tram arrivait au loin.

– On n'y arrivera pas ! gémit Chloé en courant.

L'accès des auras bleues paraissait impossible à atteindre à temps. Mais les réflexes de Chloé étaient encore liés à ses anciennes habitudes, et Florent, lui, visait le quai du côté rouge. Quand elle le comprit, ses foulées s'allongèrent. Peut-être qu'ils pouvaient s'en sortir.

Elle jeta un coup d'œil par-dessus son épaule. La panique la reprit lorsqu'elle vit que Jason et Freddy tenaient de lourdes matraques. Ils n'hésiteraient pas à s'en servir. Dans ce climat antirouges, ils devaient se sentir dans leur bon droit en faisant régner leur loi dans le quartier. Si Florent ne l'avait pas tirée après lui, elle aurait sans doute fondu en larmes et se serait recroquevillée sur elle-même, impuissante face à ces brutes. Mais son amoureux gardait espoir.

– Magne !

Ses grandes jambes le portaient si vite que Chloé avait l'impression de ne plus toucher le sol. Elle bondissait à sa suite.

Florent s'engouffra sous le portail de scan, qui bipa, le laissa passer, et il tira Chloé pour la mettre à l'abri. Les lumières du tram clignotaient, indiquant la fermeture imminente des portes.

– On les attrapera sur le quai ! hurla Jason.

Mais Florent sauta dans le tram pour bloquer les portes avant que Chloé ne monte. La jeune fille se faufila juste à temps.

Jason, Freddy et les autres déboulèrent sur le quai, les matraques levées. Le tram démarra en les laissant là. Chloé, le souffle court et la peur au ventre, eut le temps d'apercevoir l'employé du réseau qui quittait sa guérite pour interpeller le groupe de jeunes.

« Avec leurs auras bleues, ils ne seront pas vraiment inquiétés… »

Pour la première fois, elle regretta que le portail de scan ne protège que des intrusions des rouges dans l'espace des auras bleues, et pas le contraire.

« C'est injuste. »

Florent l'attira vers des sièges libres où ils s'assirent côte à côte. Leur course les laissait encore tout tremblants.

– On s'arrête au commissariat, proposa le jeune homme.

Chloé comprit que ce n'était pas pour relater l'incident dont ils avaient été témoins, mais pour reprendre leur enquête sur le devenir de Ben.

– Tu crois qu'on ne craint rien ? Mme Rhodier semblait avoir peur de la police…

– On ne peut pas envoyer une aura bleue à notre place, fit observer Florent.

Chloé pensa à Jodie, mais se rendit aussitôt compte que leur amie ne courrait pas de risques pour Ben.

– Bon, alors, on essaye. Mais on ne se sépare pas.

Pour confirmer qu'il était d'accord, Florent lui prit la main. Ils ne se lâcheraient pas une seule seconde.

⋆ ⋆ ⋆

Le commissariat était clair, lumineux, mais Chloé et Florent se sentirent tout de même oppressés par le lieu. Le scan de l'entrée émit un bip grave et alluma un voyant rouge. Les jeunes gens craignaient qu'on ne les stigmatise à cause de leur aura, et cela leur rappela une nouvelle fois les risques qu'ils couraient.

Ils avancèrent jusqu'à l'accueil, d'où une policière en uniforme ne les avait pas quittés des yeux depuis leur arrivée.

– Bonjour, heu...

– Qu'est-ce que je peux faire pour vous ? demanda-t-elle d'une voix douce.

Chloé eut l'impression d'être traitée comme un être humain, et pas comme une criminelle en puissance, alors cela la rassura. Elle prit les devants :

– On recherche un ami... Ça fait plusieurs jours qu'il a disparu. Depuis la manif, en fait.

La femme hocha la tête.

– Quel âge a-t-il ?

– Bientôt seize ans.

– Et, bien sûr, ses parents ont signalé sa disparition ?

Elle se tournait déjà vers son ordinateur, prête à faire la recherche. Les deux jeunes gens se regardèrent, gênés.

– Non, heu, pas encore.

La policière soupira.

– S'il n'est pas porté disparu, je n'aurai pas de fichier à consulter pour vous renseigner. Désolée.

– Mais si c'est lié à un incident lors de la manifestation ? insista Chloé. Peut-être a-t-il été consigné ? On est vraiment inquiets de ne pas avoir de nouvelles…

– Vous avez déjà demandé aux hôpitaux ?

Chloé et Florent hochèrent vigoureusement la tête.

– Personne ne sait où il est.

La femme hésita. Elle regarda en direction de plusieurs de ses collègues, visiblement occupés dans leurs bureaux. Elle soupira de nouveau.

– Son nom ?

– Ben Rhodier, répondit Chloé, le cœur battant.

Elle épela le nom de famille.

– Rhodier… j'ai la notification d'un incident, mais d'aucune incarcération. Il a bien été interpellé lors de la manifestation pour un simple contrôle d'identité.

– Il a été relâché ? s'enquit Florent, qui essayait de comprendre.

– *A priori*, oui. Quelqu'un de « Mon aura n'est pas mon âme » s'est porté garant pour lui.

– Vous auriez son nom ?

– Désolée, jeunes gens, ça, je ne peux pas vous le communiquer. Je n'aurais sans doute pas dû faire cette recherche, de toute façon… mais vous êtes si mignons, tous les deux !

Elle leur sourit. Chloé comprit qu'il ne servait à rien d'insister davantage.

– Merci beaucoup pour votre aide.

– Allez, filez, maintenant. Certains de mes collègues sont un peu à cran avec tout le battage médiatique actuel…

La mise en garde était claire.

– Merci encore, souffla Florent.

Ils s'en allèrent sans se lâcher la main.

Au moment où ils passèrent à nouveau sous le portail de scan pour sortir, un policier vint apporter un dossier à sa collègue de l'accueil.

– Qu'est-ce qu'ils voulaient ? grogna-t-il.

La femme ferma la page de recherche pour qu'il ne la voie pas.

– Juste un renseignement.

L'homme, peu convaincu, fronça les sourcils en se détournant.

La policière tourna machinalement son alliance autour de son doigt, avec une pensée pour son mari, rencontré au lycée. Auras rouges ou pas, ce petit couple lui évoquait avec tendresse cette période heureuse de sa vie.

« J'espère qu'ils auront autant de chance que nous. »

14. Infirmerie

– Oui. Oui. Merci. Oui, je comprends. C'est noté. Merci quand même.

La mère de Chloé raccrocha le téléphone et jura en se retenant de le projeter contre le mur.

– Un problème ? demanda M. Fournier.

– Le cabinet du Dr Peysson est débordé, depuis la manif ! Ils ne veulent même pas nous mettre sur liste d'attente !

– Quoi ? Mais…

– Au mieux, il faut rappeler dans deux mois, pour qu'éventuellement on puisse entrer dans cette fameuse liste… autant dire qu'à ce rythme on n'aura pas de rendez-vous avant l'année prochaine !

Chloé, qui bouquinait dans un coin du salon, se fit toute petite pour masquer son sourire. Au moins, elle ne retournerait pas voir le Dr Peysson rapidement. Si ses parents arrêtaient les scans à la maison, ils la laisseraient peut-être enfin respirer.

– Je vais chercher l'adresse d'un autre spécialiste, déclara Mme Fournier. Et tant pis s'il faut aller à la capitale pour ça.

– Ça risque d'être la même chose, objecta le père de Chloé.

– On doit essayer, insista sa femme.

Le petit air victorieux que Chloé arborait derrière son livre ne lui échappa pas.

– En attendant, on va reprendre les scans, hein, Chloé ?

Celle-ci se redressa d'un coup.

– Quoi ? Non ! Vous avez promis ! Papa !

Elle implora son père des yeux.

Celui-ci regarda tour à tour sa femme et sa fille. Encore à lui de trancher. Il botta en touche.

– Comment ça se passe, à l'école, en ce moment ?

Mme Fournier se détourna en grognant. Chloé soupira, soulagée qu'il ne donne pas raison à sa mère. Elle songea à évoquer sa fuite devant les auras bleues qui voulaient lui poser des problèmes, mais préféra se taire : ses parents ne seraient jamais de son côté. En plus, il faudrait mentionner Florent et, ça, c'était hors de question.

– On a eu les résultats des interros d'anglais et de maths, répondit-elle finalement. J'ai eu douze en anglais et quatorze en…

– Tu peux faire mieux que ça ! Il va falloir bosser, jeune fille. Parce que ton aura ne peut plus te sauver la mise si ton dossier scolaire ne suit pas.

Chloé pensa très fort que ses notes au collège n'avaient pas été assez bonnes pour lui permettre d'obtenir une bourse ou lui ouvrir les portes d'un lycée bleu. Et elle s'en sortait plutôt pas mal par rapport au reste de la classe… Mais elle se contenta de hocher la tête. Avec des parents comme les siens, il n'y avait pas grand-chose d'autre à faire que dire oui et continuer à vivre de son côté. Au moins, son père était moins dur que sa mère.

– Tu n'as pas l'air d'avoir bien compris ! Terminé les sorties, terminé la télé, et je vais déplacer ton ordi pour le mettre dans le salon, comme ça, je suis sûr que tu n'abuseras pas.

– Mais, papa…

– File dans ta chambre et va travailler !

– Mais je lis un livre pour l'école, protesta-t-elle encore. Je suis *en train* de travailler, là.

– Et ne me réponds pas, jeune fille !

Chloé leva les yeux au ciel en se traînant jusqu'à sa chambre. Moins dur que sa mère, peut-être, mais pas vraiment de son côté quand même.

★ ★ ★

Le lendemain, sous le préau, elle expliqua aux autres à quel point ses parents pétaient les plombs.

– Ce n'était vraiment pas le moment pour moi de commencer à changer, observa-t-elle en soupirant.

– On ne choisit pas, la rassura Alice d'une voix douce.

Chloé haussa les épaules. Florent glissa un bras autour de sa taille et la jeune fille se sentit tout de suite un peu mieux.

– Vous avez du nouveau au sujet de Ben ? demanda soudain Jodie.

Les deux amoureux secouèrent la tête d'un air triste.

– C'est comme s'il s'était évaporé, expliqua Chloé.

– Il reste une dernière piste, nuança Florent. Apparemment, quelqu'un de « Mon aura n'est pas mon âme » l'aurait vu. J'ai tenté d'appeler hier soir, mais ça sonnait toujours occupé, avec une pauvre musique d'attente en boucle. J'ai écrit un mail, mais…

Il fit un geste signifiant qu'il n'espérait pas vraiment de réponse.

– Et vous n'avez pas essayé d'interroger directement un membre de l'association ? demanda encore Jodie. Quelques profs y sont actifs. Des surveillants, aussi. Sans oublier l'infirmière scolaire !

Chloé et Florent se dévisagèrent, prêts à reprendre leur enquête.

Mais un grand fracas résonna soudain à l'autre bout du préau. Jason et Freddy venaient de pousser quelqu'un par terre, et celui-ci avait renversé un banc en tombant. Les surveillants arrivèrent en courant.

– Verdan, Marchand, carnets de correspondance, tout de suite.

– Ouhhh, je tremble, railla Jason.

Le surveillant s'agenouilla près de l'élève au sol.

– Ça va ?

– Ouais.

Son corps n'avait rien, mais son orgueil était blessé. Il se releva en jetant un regard fâché aux deux auras bleues, qui le narguaient en faisant une petite danse de la victoire.

– Ça suffit ! cria le surveillant, se rendant compte de leur manège. Suivez-moi tout de suite chez le proviseur.

– Eh, Jason, tu crois qu'il va convoquer nos parents ? Trop bien. Je veux voir la tête du vieux Vanier quand il va comprendre son erreur.

– Ça va être bon, confirma Jason. Prépare-toi à savourer.

Le surveillant fit signe aux autres élèves que le spectacle était terminé, tout en poussant les deux fauteurs de troubles en direction des bureaux de l'équipe pédagogique.

Jason et Freddy passèrent devant le groupe de Florent, Chloé, Jodie, Alice et Sophie. L'un des deux garçons lança un sourire carnassier à Chloé :

– Hé, toi, si tu l'ouvres à propos d'hier, je te casse ta petite bouche et tes deux jambes…

Florent s'interposa. Le surveillant haussa la voix.

– On se tait et on avance, Marchand !

Tandis qu'ils s'éloignaient, Chloé entendit Jason dire d'un ton gras :

– Moi, c'est autre chose que je vais lui casser !

– Verdan !

Les filles pivotèrent vers le couple.

– Qu'est-ce qui s'est passé, hier ? demanda Sophie.

Chloé se serra contre Florent pour atténuer les tremblements de son corps, puis leur raconta qu'ils avaient été témoins des actes de vandalisme de la bande de Jason et qu'ils s'étaient enfuis pour éviter que ça ne tourne mal.

– Putains d'auras bleues qui se croient tout permis, grommela Sophie.

– Eh ! protesta Jodie, qui ne voulait pas être associée à ces idiots du fait de leur couleur.

Sophie s'excusa mollement.

– Il y a vraiment des cons partout, déclara Alice à son tour.

– Je serais vous, j'irais voir l'infirmière avant que ces abrutis ne vous donnent une bonne raison de lui parler, conseilla finalement Jodie.

– OK, fit Florent. On y va au prochain intercours.

Chloé acquiesça, déjà impatiente que cette journée se termine.

⋆ ⋆ ⋆

L'infirmière était une grande brune à la peau mate, qui portait de longues boucles d'oreilles fantaisie et une broche assortie accrochée sur sa blouse blanche. Ses yeux noirs étaient soulignés d'un épais trait d'eye-liner. Un mur de photos, de dessins et de cartes postales trônait derrière elle.

– Bonjour, jeunes gens, les salua-t-elle en mâchant un chewing-gum. Qu'est-ce que je peux faire pour vous ?

Ses yeux glissèrent négligemment vers un vase rempli de préservatifs. Chloé rougit, prit son courage à deux mains et demanda :

– On cherche un ami à nous qui était à la manif…

L'infirmière se redressa, changeant soudain d'attitude.

– Racontez-moi.

Alors, tour à tour, Florent et Chloé relatèrent leur enquête, les parents de Ben, les hôpitaux et le commissariat.

– On a pensé que, peut-être, comme vous êtes dans l'association, vous pourriez nous renseigner, conclut Chloé.

– Vous dites qu'il s'appelle Ben ? Ben Rhodier, c'est ça ? En seconde 2 ?

Elle vérifia sur son ordinateur, puis se leva pour ouvrir un long tiroir métallique.

Chloé reconnut les mêmes dossiers cartonnés que chez le Dr Peysson, avec les petits autocollants colorés.

« À croire que tout le corps médical utilise la même classification ! »

L'infirmière chercha un moment puis se rendit à l'évidence : elle n'avait plus le dossier de Ben.

Quand elle s'assit à nouveau en face du jeune couple, elle semblait préoccupée.

Le pied de Florent tressautait nerveusement. Ce n'était pas normal qu'elle revienne sans le dossier. Chloé lui posa la main sur le genou pour qu'il se calme.

L'infirmière pianota à nouveau sur l'ordinateur, les sourcils froncés.

– Je ne sais pas où est votre ami, mais…

– Oui ?

– J'ai dû transmettre les dossiers médicaux de quelques élèves. Je pense qu'il en fait partie.

– À qui ? Et quand ? demanda Chloé, suspicieuse.

– Quelques jours avant la manifestation. C'est une organisation gouvernementale qui fait des études sur les auras. Ils mènent régulièrement des enquêtes dans les écoles, pour établir des statistiques ou vérifier des théories... Mais c'est la première fois qu'ils se penchent sur quelques cas particuliers en début d'année.

– Vous pensez qu'il y a un lien avec la disparition de Ben, observa Florent en maîtrisant la colère qui perçait dans sa voix.

L'infirmière n'osa pas démentir. Mais elle ne confirma pas non plus.

Soudain, on frappa à la porte. Deux élèves entrèrent, l'un soutenant l'autre, qui tenait un mouchoir souillé de sang contre son nez.

– Excusez-moi, murmura l'infirmière en se levant pour gérer cette urgence.

Elle conduisit les deux élèves jusqu'à la petite salle de repos attenante. Les amoureux l'entendirent s'enquérir de ce qui s'était passé et l'élève accompagnateur répondre :

– Ballon prisonnier.

Saisie par une idée soudaine, Chloé se leva et fit le tour du bureau pour regarder l'écran de l'ordinateur.

– Qu'est-ce que tu fais ? demanda Florent, inquiet.

– Je cherche les infos sur cette organisation gouvernementale…

Elle nota une adresse sur un bout de papier qu'elle dissimula dans sa poche avant de se rasseoir. L'infirmière revint presque aussitôt.

– Je suis désolée de ne pas pouvoir vous aider davantage, leur dit-elle pour les libérer. Mais… prenez quand même ça, en cas de pépin.

Elle tendit à chacun une carte de visite de « Mon aura n'est pas mon âme ».

– C'est la permanence du secteur. Des adultes peuvent vous aider à tout moment. N'hésitez pas.

– Merci, murmura Chloé en empochant la carte et en se levant.

Florent s'attarda une seconde de plus dans le bureau. L'infirmière lui fit un immense sourire et un clin d'œil.

– Vas-y.

Il plongea la main dans le vase, attrapa deux préservatifs sous emballage argenté, puis remercia l'infirmière d'un signe de tête.

Lorsqu'il rejoignit Chloé dans le couloir, elle le poussa du coude en souriant.

– Quoi ? On ne sait jamais ! se justifia-t-il d'un air faussement innocent.

Chloé l'embrassa pour le rassurer, mais son visage se ferma de nouveau quand elle étudia l'adresse qu'elle avait griffonnée.

« On dirait celle du Dr Peysson. Si ça se trouve, c'est lié à ses expérimentations… »

– On ira ce soir ? proposa-t-elle.

– Et tes parents ? s'inquiéta Florent.

Elle haussa les épaules. Ils pouvaient bien la punir tant qu'ils voulaient, ils ne l'empêcheraient pas d'agir.

TROISIÈME PARTIE

15. Expériences

Ben, allongé sur le ventre, ferma les yeux. On lui avait fait retirer son tee-shirt et, à présent, une jeune femme lui enduisait le dos d'huile tiède.

– Ça va, la température ? demanda-t-elle.

Il répondit en grognant de contentement. Les mains douces se mirent au travail, palpant, malaxant, dénouant les tensions de son dos. Le jeune homme ne comprenait toujours pas ce qu'il faisait là. On lui avait plus ou moins expliqué qu'il était dans un genre de clinique, qu'il avait fait une mauvaise chute pendant la manifestation et qu'on devait vérifier qu'il ne subsistait rien de son traumatisme crânien. Ce qui justifiait les électrodes fixées à son front et raccordées à une grosse machine blanche derrière laquelle un médecin l'observait.

« Si j'avais su que c'était aussi sympa, l'hôpital, j'y serais allé plus tôt ! »

Une douce torpeur l'envahit à mesure que le massage se prolongeait.

– Alors, docteur ? fit la masseuse.

– Rien. Pas la moindre variation. Continuez encore un peu.

Au fond de lui, Ben se doutait qu'il y avait quelque chose d'anormal. Pourquoi ses parents ne venaient-ils pas le voir ? Que son père l'ignore, ce n'était pas étonnant, mais, connaissant sa mère, elle aurait dû débarquer dans sa chambre tous les soirs pour vérifier qu'il allait bien.

Pour l'instant, ses journées s'étaient résumées à regarder la télé dans sa chambre, à jouer sur une console dans une pièce toute proche – cet hôpital était vraiment bien équipé –, à se faire masser ou à prendre de longs bains chauds. On lui faisait régulièrement des prises de sang ou des prélèvements d'urine, mais rien d'extraordinaire. S'il n'avait pas dû porter ces électrodes en permanence, ça aurait été des vacances plutôt sympas où il se sentait traité comme un bleu.

Dire que Florent et les filles allaient en cours pendant que lui se la coulait douce…

« Ils seront dégoûtés de la vie quand je leur raconterai ! »

Il ne savait pas trop ce qu'un traumatisme crânien était censé lui faire, mais il n'avait pas du tout mal à la tête, ni ailleurs.

Le massage se termina, et la jeune femme rejoignit le docteur derrière l'appareil. Ils consultèrent des courbes et des graphiques colorés.

– Interrogeons-le avant de passer à un nouveau test.

– La manière douce est sans effet…

– Oui, je crois qu'il est temps d'essayer une autre méthode.

Une fois rhabillé, Ben fut conduit dans le cabinet du Dr Peysson. L'homme à la courte barbe blanche et au nez volumineux lui sourit.

– Alors, monsieur Rhodier, comment se passe votre séjour chez nous ?

– Super ! Quel est le programme, maintenant ? Jacuzzi ? Sauna ? Hammam ?

– Pas vraiment, rétorqua le docteur, l'air amusé. Nous allons nous entretenir un moment au sujet de votre aura.

Ben fronça les sourcils. Quel rapport avec son traumatisme crânien ?

– Et ensuite vous me renverrez chez moi, n'est-ce pas ?

– Oh, non, je pense que vous resterez encore un peu ici.

La réponse rassura Ben. Il avait eu peur qu'on ne l'ait traité comme une aura bleue par erreur et qu'on ne l'oblige maintenant à retrouver son quotidien sans espoir.

– Très bien. Qu'est-ce que vous voulez savoir ?

– Je m'intéresse à votre bascule. Si j'en crois votre dossier, elle a eu lieu très tôt dans votre vie...

– Ouais, à deux ans, d'après ma mère.

Ben avait beau apprécier son séjour façon thalasso dans cette clinique pour privilégiés, il n'était pas stupide. Ce docteur ne lui disait pas tout.

– Vous ne soignez pas vraiment mon traumatisme crânien, n'est-ce pas ? finit-il par demander.

Le sourire du docteur s'élargit encore plus.

– C'est vrai, on ne peut rien vous cacher. Vous êtes dans un centre de recherches sur les auras. Ici, nous tentons d'inverser la bascule.

Ben se raidit. Depuis tout ce temps, on lui mentait ? Et on cherchait à le rendre bleu sans le lui dire ?

Le docteur lui tendit une feuille portant des informations le concernant. En bas, Ben reconnut la signature de son père.

– Vous avez beaucoup de chance d'avoir le profil, vous savez, insista le docteur. Nous avons des centaines de demandes pour suivre ce programme !

Le jeune homme encaissa ces révélations. Pourquoi ses parents ne lui avaient-ils rien dit avant ? Que s'était-il passé pendant la manif ? Il se souvenait d'un voile noir devant ses yeux, et d'un réveil dans une ambulance avec un goût étrange dans la bouche et une odeur médicale dans le nez...

– Bien. Avant d'aller plus loin, je dois m'assurer de votre coopération. Comme vous le voyez, votre famille a déjà pris les mesures nécessaires vous concernant, mais j'aime savoir que mes patients soutiennent le projet auquel ils participent.

Ben hocha la tête. Le docteur continua :

– Je ne peux pas vous promettre de modifier votre aura, mais, si cela était possible, souhaiteriez-vous être bleu ?

Le garçon n'eut pas besoin de réfléchir très longtemps. Vu tout ce qui lui était refusé à cause de sa couleur, il en changerait sans regret.

– Bien sûr !

– Parfait. Signez ici.

Ben apposa sa signature à côté de celle de son père.

– Maintenant que tout est réglé, reprenons. Votre dossier médical confirme que vous êtes né avec l'aura blanche des nourrissons. Lorsque celle-ci s'est colorée, savez-vous si elle s'est teintée de bleu ou si vous étiez déjà rouge ?

– Euh… il y a une photo de moi bébé où j'ai l'aura bleue. Autour de mon premier anniversaire, je crois.

Le docteur acquiesça :

– Le jour où l'aura se colore est toujours un moment important pour des parents.

Ben se sentit mal à l'aise. Il ne se souvenait pas de ces jours heureux.

– Il faudrait demander à ma mère de vous en dire plus, elle doit se rappeler mieux que moi.

Le Dr Peysson croisa les mains sur son bureau et expliqua :

– C'est votre ressenti à vous qui m'intéresse. Pas les faits.

– Je vous dis que je ne sais rien de plus, répondit Ben, agacé. Vous pouvez me poser toutes les questions que vous voulez, ça ne servira à rien : j'étais trop petit !

Le docteur s'adossa à son fauteuil, visiblement déçu.

– Nous verrons.

Ben attendit une nouvelle question ou une indication, mais le docteur semblait perdu dans ses pensées. Au moment où le jeune homme allait se lever pour retourner dans sa chambre, le docteur finit par lui tendre un papier sur lequel des horaires et des numéros de salle étaient inscrits.

– Voici votre programme pour la semaine.

Ben fronça le nez. Ça ressemblait à son emploi du temps du lycée, en pire. Puis il se souvint de la pièce où on le massait, celle de la baignoire et celle de la console. Quand il vit leurs numéros, il finit par hocher la tête. Il se ferait rapidement à ce genre de programme, même si inverser la bascule de l'aura était impossible !

– Le Dr Lépovick vous attend en salle 23. Nous nous reverrons tous les jours à la même heure pour discuter et essayer de faire ressurgir les souvenirs liés à votre bascule. N'hésitez pas à y penser d'ici à demain, nous gagnerons du temps.

Ben sortit du bureau un peu sonné. Si on lui avait dit la vérité à son arrivée, c'est sûr qu'il aurait tout fait pour rentrer chez lui au plus vite. L'espoir de changer n'aurait pas suffi. Mais après avoir vu la façon dont on le traitait...

« Je peux en profiter encore un peu », se dit-il.

Quand le Dr Peysson constaterait qu'il ne pouvait rien apprendre de plus sur sa bascule, il le renverrait chez ses parents.

* * *

En salle 23, le Dr Lépovick – un grand blond aux dents tellement bien alignées que son sourire semblait artificiel – lui fit prendre place sur une chaise et lui sangla les mains.

– Euh, vous faites quel genre de test, vous ? demanda Ben, peu rassuré.

– De l'électrostimulation, répondit le docteur en connectant les électrodes du front de Ben à son appareil de mesure.

Le cœur du garçon se mit à battre plus vite. Ça n'avait pas l'air aussi agréable qu'un massage.

Sans dire un mot, le docteur actionna la machine, et une première décharge piqua la tête de Ben.

– Aïe !

La piqûre n'était pas plus intense que celle d'une abeille, mais le jeune homme n'avait aucune envie de recommencer.

Nouvelle décharge. Plus forte. Comme s'il avait mis deux doigts dans une prise de courant.

– Putain, mais vous êtes malade ! Vous voulez me griller le cerveau ou quoi ?

Le docteur, toujours silencieux, continua.

– Oh, bord…

La douleur, si aiguë qu'elle lui coupa le souffle, lui fit aussitôt monter les larmes aux yeux. Il expira doucement par la bouche pour chasser ce mal lancinant qui lui vrillait les tempes.

L'impression d'être chouchouté dans une clinique géniale disparut d'un coup. Il était prisonnier de ce centre, livré aux mains de ces médecins dangereux avec l'accord de son père. Et, maintenant, lui aussi avait signé.

Les muscles de ses bras se contractèrent par réflexe. Il tenta de retirer les électrodes de son front, mais ses entraves l'en empêchèrent. Les paroles du Dr Peysson lui revinrent à l'esprit : « Nous avons des centaines de demandes pour suivre ce programme ! »

« Mais qu'ils viennent, tous, à ma place ! Je la leur laisse avec plaisir ! »

Une nouvelle décharge le paralysa. Sa tête tomba. Son menton toucha son torse tandis qu'un filet de bave s'échappait de ses lèvres. Un faible gémissement accompagna les larmes qui roulaient sur ses joues.

★ ★ ★

Florent et Chloé sortirent du tram et marchèrent d'un bon pas jusqu'à l'adresse notée chez l'infirmière. Le bâtiment se situait au numéro 55, mais les deux lycéens ne le trouvèrent pas. L'entrée moderne du cabinet du Dr Peysson affichait le numéro 53. L'immeuble le plus proche portait le numéro 57.

Les amoureux examinèrent la ruelle entre les deux bâtiments et découvrirent qu'il s'agissait en réalité d'un simple renfoncement de quelques mètres. Une épaisse porte en bois massif sans numéro ni plaque, invisible de la rue, marquait l'entrée du numéro 55.

Le renfoncement dégageait les odeurs caractéristiques de la ville : un relent d'égout, d'urine et de pollution. Les amoureux s'y engagèrent prudemment en respirant par la bouche pour ne pas sentir la puanteur ambiante.

Sur le côté de la porte se trouvait un simple digicode. Pas d'Interphone pour demander à entrer.

Chloé frappa, puis, une minute plus tard, recommença plus fort. Aucune réponse.

– Tu crois qu'il est là ? murmura-t-elle.

– Son dossier médical a transité par ici, en tout cas. Alors…

Ils levèrent la tête pour examiner le bâtiment gris, tout en hauteur, dont quelques fenêtres donnaient sur la rue. Aucun mouvement, aucune silhouette ne trahissait la présence de qui que ce soit.

Chloé recula pour regagner la chaussée.

– Attendons que quelqu'un sorte, proposa-t-elle.

Florent regarda sa montre.

– Il faut qu'on reparte avant 18 heures, sinon tes parents vont criser.

Ils traversèrent la rue pour s'éloigner des relents nauséabonds du renfoncement, puis s'assirent sur les marches d'un perron d'où ils pouvaient surveiller ce qui ressemblait de nouveau à une ruelle.

Ils ignoraient ce que vivait leur ami à quelques mètres de là.

16. Psychiatre

Le lendemain matin, un colosse en blouse blanche vint réveiller Ben. Le jeune homme ne se rappelait plus comment il avait regagné sa chambre, ni ce qu'il s'était passé après la séance en salle 23.

– Allez, princesse, fini de dormir. Tu vas être en retard sur ton programme... Mais je suis sympa, je te laisse le temps de petit-déjeuner.

Le lit se redressa sous l'action de l'épais infirmier qui jouait avec la télécommande. Pour la première fois depuis son arrivée dans cette clinique de fous, Ben se sentait vraiment malade. Une migraine martelait son crâne tandis que son ventre noué par la nausée se contractait un peu plus à chaque seconde.

Le colosse approcha une tablette où fumait un chocolat chaud. Sur le plateau, près du bol, un quart de baguette, dix grammes de beurre emballé et une portion individuelle de confiture l'attendaient. Ben eut un haut-le-cœur en sentant l'odeur du lait chaud. Il repoussa le bol et concentra son attention sur le pain, plutôt neutre à ingérer. Il en détacha de petits morceaux qu'il mâcha lentement, les yeux fermés. Chaque muscle de son visage le lançait.

À mesure qu'il émergeait du sommeil, une idée naissait dans son esprit : il devait se tirer de là. Peu importaient la signature de son père et la sienne sur ce fichu document. Le Dr Peysson et son équipe étaient du genre dangereux.

L'infirmier examina l'emploi du temps de Ben – qui eut une pensée fugace pour ses amis et le lycée – et apprécia d'un hochement de tête.

– Tu commences par un bain, puis un rendez-vous avec le Dr Marot. Tu l'as déjà rencontrée ? Elle va te plaire !

Ben ouvrit un œil perplexe.

« Me plaire comme le fou dingue de la salle 23 ? Ou pire ? »

Il s'imagina avec horreur que, cette fois-ci, on allait lui coller des électrodes non pas sur le front, mais sur des parties plus intimes de son anatomie.

– C'est la psy, au troisième étage, lui précisa l'infirmier avant de continuer : cet après-midi, tu vois le Dr Peysson, puis un petit tour chez Lépovick avant ton massage…

Ben n'écoutait plus. Il focalisait sur les zones d'ombre et les risques possibles de cette journée.

⋆ ⋆ ⋆

La peur le pétrifia pendant tout son bain moussant, pourtant censé le détendre. Le colosse ne le quittait pas des yeux. Il le scanna avant qu'il ne se baigne, à plusieurs reprises pendant qu'il était dans l'eau et, bien sûr, après.

– Grande nouvelle, l'aura rouge n'est pas soluble, réussit à marmonner Ben d'un ton qu'il imaginait être celui d'un savant livrant ses conclusions scientifiques.

Quand il entra dans le bureau du Dr Marot, il chercha avec angoisse les sangles sur les fauteuils ou tout autre instrument de torture potentiel. Mais la pièce ressemblait à un petit salon, avec une bibliothèque remplie de livres, quelques chaises, un canapé, une table basse et un bureau en bois sombre dans un coin. Amélie Marot, moulée dans son tailleur gris, se leva à son arrivée et lui serra la main. Avec trente ans de plus, elle aurait eu l'air sévère, mais sa jeunesse rayonnante gommait l'impression stricte de sa tenue.

– Bonjour, Ben, je suis le docteur Marot.

S'il n'avait pas été torturé la veille, Ben aurait sorti son numéro de charme habituel. Mais la peur surpassait son envie de se montrer drôle et séduisant.

Le Dr Marot fit signe à l'infirmier de les laisser, pourtant Ben n'entendit pas le colosse s'éloigner dans le couloir. Il devait attendre devant la porte comme un maton en fonction.

Le jeune homme lança un coup d'œil en direction de la fenêtre, mais le fait de se trouver au troisième étage du bâtiment le dissuada de tenter une sortie en force.

– Vous n'avez rien à craindre, ici, le rassura la psychiatre.

Elle lui désigna le canapé et les chaises, l'invitant à s'asseoir où il voulait.

Ben choisit une chaise en plastique. Il n'y posa que le bout de ses fesses, prêt à bondir pour se sauver au besoin.

Le Dr Marot prit un dossier, qu'elle parcourut trop vite pour vraiment le lire. Elle l'avait déjà étudié avant.

– Le Dr Peysson note que vous ne vous souvenez pas de votre bascule, c'est bien ça ?

– J'avais deux ans, expliqua Ben en s'excusant à moitié.

– Effectivement, il est rare d'avoir des souvenirs de sa toute petite enfance, confirma-t-elle.

L'une des jambes de Ben se mit à tressauter nerveusement. Il voulait se tirer d'ici, et vite. Le docteur ferma le dossier et demanda d'une voix douce :

– Ben, comment se passe votre séjour ?

Il lui jeta un regard noir.

– À votre avis ? D'une heure à l'autre, on me fait des massages ou on tente de m'électrocuter… C'est le paradis.

– Vous voulez rentrer chez vous, n'est-ce pas ?

– 'Tain, vous, vous êtes maligne !

Il doutait qu'elle ait réellement du pouvoir, ici. C'était Peysson qui décidait de tout. Et elle était trop jeune, à peine sortie de l'école, pour avoir une quelconque expérience dans quoi que ce soit.

– Que pensez-vous de l'hypnose ? demanda-t-elle, changeant apparemment de sujet.

Ben renifla.

– C'est un truc de charlatans.

La psychiatre sourit.

– Si je vous dis qu'en quelques séances nous pouvons raviver vos souvenirs les plus anciens… comme le fameux jour de votre bascule. Vous voyez ce que je veux dire ?

Comme il ne répondait pas, elle poursuivit :

– Plus vite vous retrouverez des informations sur les raisons du changement de votre aura, plus vite ils arrêteront de vous torturer.

– Vous croyez ?

Le fait qu'elle se dissocie des autres médecins de la clinique plut à Ben. S'il voulait sortir d'ici, il avait besoin d'alliés à l'intérieur. L'aiderait-elle réellement ou mentait-elle pour le manipuler ? Il ne connaissait pas grand-chose à l'hypnose, à part les démonstrations dans les cirques où les victimes dansaient comme des poulets sous l'œil hilare des spectateurs avant de se réveiller.

– Peysson et les autres… ils veulent juste savoir ce qui s'est passé ? Après, ils me relâcheront ?

Le Dr Marot le regarda d'un air triste.

– Non, ils tenteront de vous « guérir ». Par n'importe quel moyen. Mais, pour l'instant, ils tâtonnent, ils ignorent ce qui vous fait réagir. Si j'en crois les rapports, votre aura ne fluctue jamais, même pour varier dans le spectre des nuances de rouge. C'est rare.

Ben essaya de réfléchir.

– Attendez, vous voulez dire que si mon aura bouge pendant qu'ils me torturent ils vont pousser dans cette direction jusqu'à… jusqu'à…

– … ce qu'elle redevienne bleue, confirma la psychiatre. Mais vous avez de la chance, pour l'instant : l'électrostimulation ne donne rien. J'espère qu'ils abandonneront ces essais-là bientôt.

La perspective de subir de nouvelles tortures fit paniquer Ben. Son corps ne parviendrait pas à encaisser la douleur plusieurs jours de suite ! À un moment ou à un autre, les électrochocs grilleraient son cerveau… Au mieux, il deviendrait un légume. Au pire, son cœur lâcherait aussi.

– Ça marche, votre truc ? demanda-t-il, impatient de tenter quelque chose. Et ça fait mal ?

– Chaque sujet réagit différemment… mais, non, ce n'est pas douloureux.

Le programme du jour énoncé par l'infirmier s'imposa à l'esprit de Ben : il devait revoir le Dr Peysson avant de retourner en salle 23. S'il se rappelait le moment de sa bascule, peut-être qu'il éviterait une nouvelle séance d'électrochocs ?

– OK, alors je suis prêt à tenter le coup.

Le Dr Marot lui adressa un grand sourire.

– Très bien ! Allongez-vous, on va essayer tout de suite.

* * *

– Chloé ? Où es-tu ? Tu n'as pas répondu, tout à l'heure !

– Je suis toujours au lycée, maman, et je vais avoir des ennuis si on me voit téléphoner !

– Tu vas encore rentrer tard ! Tu crois que je suis dupe de ton petit manège ?

– Mais non, maman, je suis en soutien scolaire… C'est bien ce que papa et toi vous voulez, non ? Que je m'améliore ?

Sa mère marqua un silence, le temps de réfléchir, puis demanda :

– Soutien en quoi ?

– Anglais, aujourd'hui. Et je me suis inscrite pour tous les soirs de la semaine dans une matière différente. Ça dure jusqu'à 18 heures, plus le temps de rentrer…

– Tu as intérêt à être là à 18 h 30. Et je contrôlerai tes affaires pour vérifier.

– Le prof arrive, 'man, je te laisse. À tout'.

Chloé raccrocha avant que sa mère ne réplique.

– Elle y a cru ? demanda Florent.

La jeune fille fit la moue.

– Non. Elle cherche un prétexte pour reprendre les scans.

Elle en avait assez de mentir à ses parents, mais ne voyait pas d'autre solution.

Les amoureux, en poste sur les marches du même perron que la veille, reprirent leur surveillance. Depuis que Chloé avait trouvé les informations sur l'ordinateur de l'infirmière, elle n'arrêtait pas de penser aux dossiers médicaux qu'elle avait vus dans le cabinet du Dr Peysson. Les mêmes qu'au lycée. L'infirmière avait parlé d'une organisation gouvernementale qui faisait des études sur les auras et, vu son adresse, c'était forcément lié à Peysson. Le mot « complot » tournait en boucle dans son esprit.

– Si ça ne donne rien ce soir, il faudra aller enquêter à l'intérieur, déclara Chloé d'un air déterminé.

Elle pensait à l'homme qui lui avait parlé dans la salle d'attente, celui qui suivait un des protocoles de Peysson. Il ne devait pas être le seul dans son cas.

D'autres comme lui étaient liés aux études sur les auras. Peut-être avaient-ils croisé Ben à l'intérieur ?

Elle espérait pouvoir en interroger un à la sortie du cabinet mais, depuis la veille, les patients qu'elle voyait quitter la clinique semblaient juste venus contrôler l'évolution de leur aura.

– Soit Ben n'est pas là, estima Florent, et son dossier a simplement transité par ici – dans ce cas, notre piste tombe à l'eau –, soit il est bien prisonnier de cette mystérieuse organisation gouvernementale qui lui fait des tests, et on doit à tout prix le faire sortir.

Chloé hocha la tête. Elle aussi n'avait qu'une envie : entrer, tout casser, trouver Ben et s'en aller. Mais ce n'était pas aussi simple. Avec les mises en garde qu'ils avaient reçues et l'impression de secret qui pesait sur la disparition de Ben, ils devaient se montrer prudents.

– Si on entre là-dedans en posant des questions, on risque de se retrouver prisonniers, nous aussi. Et personne ne saura où nous chercher.

17. Souvenir

– Alors, monsieur Rhodier ? Avez-vous du nouveau ? demanda le Dr Peysson avant même que Ben n'ait eu le temps de s'asseoir.

– Oui ! répondit-il d'un ton réjoui. Le Dr Marot m'a fait un de ses tours de passe-passe et elle a fait ressurgir des souvenirs.

– Ah ? Formidable ! Je vous écoute.

– On est remontés jusqu'à ce jour de mes deux ans où j'ai basculé : je m'en souviens, maintenant. C'était à la plage. On était au bord de l'eau avec mes parents, je jouais dans le sable, tout allait bien… Et puis il y a eu un incident avec un autre gamin. Une histoire bête. Je crois qu'il voulait me piquer mon seau, ou un truc comme ça.

Le Dr Peysson sourit tandis qu'il prenait des notes. Ben continua :

– J'ai dû le taper ou le mordre… enfin, faire un mauvais geste contre lui. Je me suis fait engueuler comme jamais par mon père, et on a remballé pour rentrer chez nous.

– Comment êtes-vous sûr que c'est ce jour-là ?

– On avait pris un tram… Je me rappelle qu'avant ça je voyageais toujours avec mon père. Maman était toute seule dans un compartiment de queue, j'aimais bien lui faire « coucou ». Et là, pour le retour, j'étais avec ma mère du côté des rouges. C'était bizarre. Et papa ne me regardait plus, comme s'il avait honte de moi…

– Comment vous sentiez-vous ?

– Triste. Je faisais des signes à mon père, désespérément, mais il ne se retournait jamais. Je pleurais. Ma mère me rassurait, mais je m'en voulais terriblement. Pour une stupide histoire de seau, j'avais perdu mon père.

Rien que de devoir verbaliser ces souvenirs faisait trembler la voix de Ben. Quand ces images lui étaient revenues pendant l'hypnose, il s'était de nouveau senti tout petit et vulnérable. Les émotions ressenties à l'époque l'avaient submergé et il avait pleuré à chaudes larmes sur le canapé du Dr Marot. La jeune femme l'avait pris dans ses bras pour le consoler, comme sa mère le jour de la bascule. Mais, après qu'il eut recouvré ses esprits, la peine avait disparu au profit d'un espoir nouveau : il savait ce qui s'était passé.

Peut-être que cela suffirait à stopper ses séances de torture ?

Le Dr Peysson sourit de toutes ses dents derrière sa petite barbe blanche.

– Ces éléments vont beaucoup nous aider. Bravo. Et je féliciterai le Dr Marot pour son efficacité.

– Alors, heu… on change mon programme ? demanda Ben en tremblant d'impatience.

– Non, pas tout de suite. Il nous faut analyser vos réponses et adapter de nouveaux tests. En attendant, vous continuerez comme prévu.

Le jeune homme bondit, furieux et paniqué.

– C'est injuste ! Je coopère ! Pas besoin de me torturer !

– Allons, c'est un bien grand mot que vous utilisez là. On stimule certaines zones de votre cerveau, c'est tout. C'est sans danger, pour un gaillard solide tel que vous !

Discrètement, le Dr Peysson appuya sur un bouton et la porte de son cabinet s'ouvrit, laissant apparaître l'imposant infirmier, capable de maîtriser l'explosion de colère de Ben.

– J'ai changé d'avis ! hurla Ben tandis que le colosse l'entraînait dans le couloir. Je ne veux plus avoir l'aura bleue ! Je veux rentrer chez moi !

Il tentait de mordre, de donner des coups de pied, de tête… mais l'infirmier avançait sans en paraître gêné. Ben se débattit de plus belle alors qu'il approchait de la salle 23. Il criait des appels au secours aussi fort qu'il pouvait. Qui se trouvait derrière les portes fermées devant lesquelles il passait ? Des patients comme lui ? Des médecins, complices de ses bourreaux ? Est-ce que quelqu'un le sauverait un jour de cet enfer ?

Ses cris alertèrent d'autres infirmiers, qui accoururent pour aider le colosse. L'un d'eux sortit d'une chambre où Ben aperçut un ado tout pâle allongé sur un lit, les yeux ouverts. Il était relié à plusieurs machines pour l'aider à respirer, contrôler son pouls, et portait des électrodes sur le front. Ben le reconnut. Ses cris moururent aussitôt. Il l'avait croisé une fois au début de son séjour, près de la salle des consoles. Les deux jeunes ne s'étaient pas parlé car Ben trouvait que l'autre avait vraiment l'air faible et malade, alors il s'était protégé d'une contagion possible. Maintenant, il regrettait de l'avoir évité.

« Ils en ont fait un légume… »

Sa peur panique de la salle 23 revint dès qu'il aperçut la porte. Il tenta de se cabrer pour échapper à la poigne des infirmiers, mais le Dr Lépovick surgit à son tour pour leur prêter main-forte et, en quelques secondes, Ben se retrouva sanglé à la chaise de torture.

– Bien, concentrez-vous sur les souvenirs de votre bascule, indiqua le grand docteur blond comme si rien ne s'était passé.

Ben n'avait pas du tout envie de les aider à lui faire du mal. Et si son aura changeait sous la torture ? Jusqu'où augmenteraient-ils la douleur ?

Tandis que les premières décharges déferlaient sous son crâne, c'est le visage doux du Dr Marot qui lui vint à l'esprit. Elle au moins voulait vraiment l'aider.

* * *

Chloé reconnut soudain la femme en tailleur gris. Elle l'avait vue lors de son passage dans le cabinet de Peysson. C'était le Dr Marot. Celle qui semblait si déterminée.

– Viens ! intima Chloé à Florent.

Le garçon lui emboîta le pas tandis qu'elle sprintait déjà pour interpeller la femme. Celle-ci eut un mouvement de recul en serrant son sac.

– Excusez-nous, docteur Marot, commença Chloé, essoufflée. On ne veut pas vous faire peur. On cherche un ami.

Le Dr Marot leur jeta un regard suspicieux. Comment la jeune fille connaissait-elle son nom ?

– Il s'appelle Ben, continua Chloé. Ben Rhodier. Notre âge, plutôt grand, les yeux bleus, les cheveux courts, l'air mal rasé…

La femme hocha la tête.

– Qu'est-ce qui se passe ? demanda-t-elle gentiment.

– On ne sait pas ce qui lui est arrivé, expliqua Florent. Il a disparu le jour de la manifestation et, tout ce qu'on sait, c'est que son dossier médical a été envoyé ici… Est-ce que vous pouvez nous aider ?

Visiblement, la femme hésitait. Elle jeta des regards nerveux en direction de la clinique puis dit aux deux jeunes :

– Laissez-moi vos noms et vos numéros de téléphone : si j'apprends quoi que ce soit à propos de votre ami, je vous le ferai savoir.

– Oh, merci, merci ! s'écria Chloé en s'empressant d'arracher un morceau de feuille de son agenda pour noter son numéro de téléphone.

Florent, lui, ne comptait pas confier ce genre de renseignement à une inconnue, même si elle semblait vouloir les aider.

Chloé lui lança un regard interrogateur.

– Je préfère revenir demain soir, déclara-t-il. Vous pourrez nous donner des informations de vive voix.

La femme eut l'air tout à coup très gênée. Elle empocha le numéro de Chloé avant que celle-ci ne se demande si c'était une simple ruse pour se débarrasser d'eux.

– Où est-ce que je peux vous joindre ? demanda-t-elle, bien décidée à se montrer moins naïve.

À contrecœur, la femme lui tendit une carte de visite qui disait : « Docteur Marot, psychiatre. Spécialiste des sciences cognitives ».

– Laissez-moi quelques jours pour vérifier si votre ami est bien là, d'accord ? proposa-t-elle finalement en regardant Florent.

Celui-ci accepta, l'air défiant.

– Je vous appelle, conclut-elle. Mais ne restez pas là. Vous risquez d'avoir des ennuis.

Elle hocha la tête d'un air convaincu, puis s'éloigna, son sac toujours serré contre elle.

– Elle nous mène en bateau, grogna Florent, dès qu'elle fut assez loin pour ne pas l'entendre. Elle veut juste qu'on s'en aille.

– Tu crois ? demanda Chloé, qui était prête à faire confiance à la jeune femme.

– Je suis d'avis d'attendre encore et d'essayer avec quelqu'un d'autre, proposa Florent. S'ils sont plusieurs à chercher, on a peut-être une chance que l'un d'eux trouve…

La mise en garde du Dr Marot sur les ennuis qu'ils risquaient de récolter ne lui avait pas fait beaucoup d'effet.

* * *

Amélie Marot rentra chez elle, perturbée par cette rencontre avec les deux jeunes gens.

« Tu y es presque. Ne te laisse pas attendrir maintenant. »

Elle quitta ses chaussures à talons, sortit de son sac les notes au sujet de Ben et les posa sur son bureau, où une dizaine d'autres dossiers s'étalaient déjà.

Elle se prépara un thé pendant que l'ordinateur s'allumait, puis afficha le tableau sur lequel elle travaillait. Elle entra aussitôt les données concernant Ben.

« C'est forcément ça », se dit-elle en se reculant pour en avoir une meilleure vision d'ensemble.

Demain, à la première heure, elle affronterait Peysson pour qu'il valide ses conclusions. Ensuite, il faudrait trouver un volontaire pour tenter la bascule inverse.

Ben s'imposa alors comme une évidence.

« Je peux encore le sauver », pensa-t-elle, certaine d'agir pour le bien de son patient.

Elle sortit le numéro de Chloé de sa poche et le glissa dans le dossier près du téléphone, là où elle avait rassemblé les coordonnées des médias communiquées par Mathias, de l'association Manepma.

– Laissez-moi juste quelques jours…

⋆ ⋆ ⋆

– Messieurs ? S'il vous plaît ?

Chloé interpella un groupe qui sortait de la clinique. Ils avaient l'air de plaisanter comme des collègues de travail.

– On cherche un ami… il y a des chances pour qu'il se trouve ici, continua-t-elle.

Les hommes se concertèrent du regard et l'un d'eux déclara :

– Les patients qui sont traités ici ne reçoivent pas de visites.

– C'est juste pour savoir s'il va bien, plaida Chloé.

– Les familles des patients sont tenues informées de l'avancée des traitements, enchaîna l'homme en haussant la voix, comme pour intimider les deux jeunes.

– Mais sa famille ne sait pas où il est ! lança Florent pour justifier leurs questions.

L'homme qui avait parlé fronça les sourcils et laissa un autre répondre à sa place :

– Si votre ami est là, c'est que sa famille a signé les documents nécessaires à son admission. Sinon, c'est qu'on vous aura mal aiguillés et qu'il n'est jamais venu dans cette clinique.

– Mais…

Le groupe se détourna et s'éloigna d'un même pas. Florent réfléchit à voix haute :

– De deux choses l'une : soit le dossier médical donné par l'infirmière n'a pas de rapport avec la disparition de Ben, soit sa mère nous a menti.

– Peut-être que Mme Rhodier était sincère. Si ça se trouve, son mari ne lui en a pas parlé du tout…

– Donc, on se prend la tête depuis des jours pour rien ? D'après toi, Ben n'a pas disparu, c'est ça ? Son père l'aurait juste envoyé en secret se faire soigner dans cette clinique ? Ça ne tient pas debout !

– Ne t'énerve pas, Florent. Je crois juste qu'on n'a pas interrogé la bonne personne. Il faut parler au père de Ben.

18. Hypnose

Le Dr Marot attendait, nerveuse, que son supérieur arrive. Elle avait imprimé tous les documents qui justifiaient ses conclusions, prévu des copies sur clés USB par sécurité et se repassait les différentes questions qu'il pourrait lui poser pour anticiper les réponses à donner.

Quand le Dr Peysson apparut au bout du couloir, elle prépara son plus beau sourire.

– Visite matinale ? l'interrogea-t-il en fronçant un sourcil.

Chacun des collaborateurs de la clinique était venu au moins une fois demander la permission d'expérimenter leur théorie pour annuler la bascule. Jusqu'à présent, les pistes les plus farfelues comme les plus logiques s'étaient révélées infructueuses. Amélie Marot avait déjà présenté sa théorie générale sur les émotions qui causaient la bascule, mais

Peysson attendait du concret avant de donner son accord pour aller plus loin.

– Je crois avoir trouvé quelque chose de plus précis que la dernière fois, bredouilla le Dr Marot.

– Vous croyez ou vous êtes sûre ?

– J'en suis sûre, reprit-elle d'une voix plus ferme.

Son cœur battait fort. Le responsable du programme encourageait les autres médecins à émettre des hypothèses, mais il prenait également un malin plaisir à les voir se tromper.

« Comme s'il était le seul à être capable de trouver la clé du changement d'aura », songea le Dr Marot.

Après tout, c'était lui qui avait découvert les flux d'énergie colorée et c'était ses recherches qui avaient conduit à la séparation actuelle de la société. Il n'allait pas laisser quelqu'un d'autre balayer quarante ans de travail sur le sujet aussi facilement.

Il la fit entrer dans son bureau et elle s'assit à la place qu'occupaient les patients. Elle sortit les documents qu'elle avait préparés puis pointa un graphique, retint sa respiration et déclara :

– Je vous ai déjà parlé de l'influence des émotions sur la bascule. Tous mes résultats convergent vers un point commun : le sentiment de culpabilité.

Peysson laissa le silence s'installer dans le bureau. Ses doigts repliés devant la bouche, il réfléchissait.

Comme pour le convaincre, le Dr Marot passa en revue les différents cas étudiés :

– On a un changement après un vol, un deuxième à cause du divorce des parents, un troisième à la suite de la perte de la virginité ; pour d'autres, c'était un mensonge, une bagarre, une dispute… Tous s'en sont voulu à un moment ou à un autre. Ils ont éprouvé des remords. Ont eu profondément envie de revenir en arrière, de modifier les choses pour réparer leur faute. Attention, il n'est pas question de honte, mais bien de culpabilité profonde.

Le Dr Peysson étala devant lui les documents que lui montrait sa collaboratrice. Il cherchait quelque chose qu'il ne trouvait pas.

– Vous oubliez la brutalité. Dans la plupart des cas, les patients ont agi de façon violente et c'est cette action qui les a fait basculer.

– C'est là où je pense que nous faisons fausse route : nous nous focalisons sur ce que nous pensons être l'élément déclencheur, mais rien ne nous dit que l'aura a changé au moment où les sujets se sont montrés agressifs. Pour moi, la violence est venue après. En réaction.

– Donc, d'après vous, toutes les auras rouges qui sont en prison culpabilisent pour leurs crimes ?

– Si la bascule n'est pas réversible, alors il suffit qu'ils s'en soient voulu, qu'ils aient regretté sincèrement au moins une fois pour passer du bleu au rouge.

– En suivant votre raisonnement, une aura bleue qui commettrait un meurtre mais n'aurait aucun remords ne basculerait pas, c'est bien ça ?

– Tout à fait. C'est le cœur du problème. Depuis des années, nous jugeons les comportements condamnables en ne nous basant que sur l'aura des individus concernés. Combien de verdicts ont été rendus trop rapidement parce que l'accusé était rouge ? Combien d'acquittés grâce à leur aura bleue ? Même le pire des terroristes, s'il était convaincu d'agir pour le bien, ne basculerait pas. Les exemples historiques ont toujours montré que les personnes coupables d'atrocités étaient rouges bien avant de commettre leurs crimes : ces meurtriers avaient dû vivre un traumatisme grave dans leur enfance ou leur adolescence et avaient basculé en raison de leur sentiment de culpabilité. S'ils étaient restés bleus jusqu'au jour de leur crime, et qu'ils n'avaient pas culpabilisé pour celui-ci, leur aura n'aurait pas changé…

– C'est insensé, déclara Peysson en repoussant les documents devant lui.

– Tout le monde culpabilise un jour ou l'autre dans sa vie, à moins d'être un sociopathe, un psychopathe, ou d'être victime d'un trouble profond de la personnalité, poursuivit le Dr Marot. Mais tout le monde ne ressent pas *ce* type de culpabilité : l'envie d'annuler une action pour qu'elle n'ait jamais existé, tout en sachant qu'il est impossible de revenir en arrière. Cela explique pourquoi des rouges vivent sans le moindre écart de conduite, alors que des bleus se permettent de contourner des règlements ou mentent, sans basculer ! Et avouez quand même que nous n'avons pas creusé cette piste-là ! Et que toutes les autres ne donnent rien !

Peysson grogna. Lui rappeler ses échecs n'était peut-être pas la bonne stratégie.

– Alors quelle cure proposez-vous, mademoiselle ?

Elle serra les dents pour ne pas lui faire remarquer qu'il oubliait de l'appeler « docteur ».

– Je veux essayer de retirer le sentiment de culpabilité d'un patient lié à des souvenirs anciens. J'ignore s'il sera nécessaire d'identifier toutes les sources, tous les moments où le patient s'en est voulu profondément pour quelque chose, mais, s'il le faut, je le ferai.

– Par l'hypnose, j'imagine, railla le Dr Peysson.

– Je sais que vous n'y croyez pas, mais ça fonctionne. Et ce n'est ni avec vos massages, ni avec vos électrodes ou vos pilules qu'on pourra modifier l'énergie qu'ils dégagent !

Elle ferma les yeux, confuse d'avoir haussé la voix contre son responsable. Lui-même retenait sa colère.

– Essayez toujours, finit-il par déclarer d'un ton clairement hostile. Du moment que vous ne perturbez pas les travaux de vos confrères.

Il n'y croyait pas, mais cette autorisation était tout ce dont le Dr Marot avait besoin.

– Merci. Je vous tiens au courant des résultats.

Il lui fit signe de sortir. La jeune femme rassembla ses documents puis quitta le bureau, victorieuse malgré le manque de soutien de son supérieur hiérarchique.

* * *

– Bonjour, Ben.

– Docteur Marot, ça fait plaisir de vous revoir.

– Ils n'ont pas été trop durs avec vous ?

Le jeune homme haussa les épaules. Le matin, il avait joué à des jeux vidéo. Ça lui avait permis de se vider la tête, comme s'il détachait son esprit de son corps pour pouvoir supporter les douleurs qu'on lui faisait subir. Le pire étant peut-être de lui offrir un massage juste après sa séance de torture, histoire que les signaux corporels qui l'alertaient en cas de danger soient complètement brouillés.

Quand il s'était regardé dans le miroir en se levant, il s'était trouvé plus maigre, les joues creuses et de larges cernes noirs sous les yeux. Il ne se reconnaissait pas.

– Asseyez-vous, j'ai une grande nouvelle.

Ben s'installa sur le canapé, pas vraiment excité : il commençait à se résigner quant à sa vie dans la clinique.

– Je crois avoir trouvé le moyen d'inverser la bascule, annonça Amélie Marot en choisissant ses mots avec soin.

Elle ne voulait pas fausser l'expérience en lui révélant son hypothèse trop vite. Pas question de lui parler de sentiment de culpabilité avant d'être certaine de la réussite de son projet.

– Si vous le voulez bien, j'aimerais tenter une nouvelle séance d'hypnose avec vous.

– Vous voulez me faire devenir bleu ? demanda Ben, essayant de comprendre.

Quand Peysson en avait parlé, avant de lui faire signer ce maudit pacte avec le diable, devenir bleu semblait une récompense. Mais, après les tortures et les expérimentations qu'il avait subies, il se rendait compte du prix à payer pour pouvoir intégrer la société du bon côté de la barrière. Aujourd'hui, il ne savait plus si tout cela en valait la peine.

– Redevenir bleu, Ben. Vous rendre ce que vous avez perdu sur cette plage quand vous étiez petit.

Il ne croyait plus aux miracles. Le Dr Marot se montra honnête.

– Il faudra sans doute plusieurs séances pour parvenir à une fluctuation. Je ne peux pas vous garantir que ma théorie fonctionne. Mais je suis convaincue que nous devons essayer.

Ben avait confiance en elle. Il voulait l'aider à trouver les causes de la bascule. Mais il n'espérait plus rien pour lui.

– Si mon aura rebascule dans l'autre sens, on arrêtera tout le reste ? On me laissera rentrer chez moi ?

Cela sonnait comme le dernier souhait d'un condamné.

– Je vous le promets, assura la psychiatre en souriant.

Ben s'allongea et ferma les yeux, prêt à essayer.

– Très bien. Je vais brancher vos électrodes pour surveiller votre aura en temps réel.

Ben se crispa, alors elle précisa :

– Vous n'avez rien à craindre.

Elle posa un petit appareil de scan portatif sur la table basse, puis le connecta aux électrodes attachées au front du jeune homme.

– Bien. Détendez-vous et n'écoutez plus que ma voix. Je commence.

Sur l'écran, l'aura rouge vif de Ben ne présentait aucune aspérité, pas la moindre tache plus claire ou plus foncée. Au-dessous de la silhouette humaine colorée, une ligne verte montait et descendait, suivant le rythme des battements du cœur du jeune homme.

– Revenons directement au souvenir de ce jour sur la plage. Il fait beau, le sable est chaud, la mer s'étire jusqu'à l'horizon. De petites vagues caressent le sable. L'écume blanche se transforme en mousse qui chatouille les pieds. On entend le cri des mouettes, le brouhaha des autres gens qui sont déjà là, sous leurs parasols et sur leurs serviettes de plage. Des odeurs de monoï et de transpiration se mêlent. Des grands jouent au ballon, d'autres se lancent des disques de plastique. Un groupe court jusqu'à la mer et entre dans l'eau avec de grandes éclaboussures.

Un petit sourire naquit sur les lèvres de Ben. Les battements de son cœur, apaisés par ce tableau heureux, prirent un rythme régulier. Sa respiration aussi révélait que son esprit voyageait jusqu'à ce moment, loin du cabinet de la psychiatre.

– Vous êtes sur cette plage, Ben. Vous avez deux ans. Le sable brûle vos pieds nus et rend votre démarche maladroite, mais tout ce qui vous entoure vous paraît formidable. Même s'il y a trop de bruit, trop de cris, trop de choses qui pourraient vous faire peur, vous êtes bien. Vos parents sont là, eux aussi. À vos côtés. Votre père installe un parasol pendant que votre mère vous enduit de crème solaire. Vous voulez partir jouer, courir vers l'eau. Il y a d'autres enfants, là-bas. D'autres petits qui font des châteaux de sable.

Le sourire de Ben s'élargit.

– Votre mère a terminé de vous préparer. Que faites-vous ? murmura le Dr Marot.

– Je prends mon seau, répondit Ben d'une voix monocorde. Et je cours. Maman me crie de rester auprès d'elle. Elle me court après. Papa vient aussi. Il me prend mon seau des mains, mais c'est pour le remplir d'eau de mer et le rapprocher des serviettes. Il ne veut pas que je m'éloigne. Il râle un peu parce que l'eau est froide. Je vérifie en plongeant les deux mains dans le seau. Maman crie en riant : je l'ai éclaboussée. Le sable colle sur mes mains humides. Je les mets dans ma bouche et recrache.

– Bien, comment vous sentez-vous ?

– Heureux. Je n'ai jamais été aussi heureux. C'est la première fois qu'on s'en va loin de la maison et j'avais peur avant mais, là, je suis content.

– Avançons un petit peu dans la journée. Que voyez-vous ?

– Le sandwich de mon père qui dégouline dans le sable. Il râle. Maman rigole. Elle me fait goûter sa glace. C'est froid mais j'en veux encore.

– Très bien. Avançons davantage. La journée est bientôt terminée. Vos parents vous permettent de vous approcher de l'eau tout seul ?

– Oui, ils ont vu que je n'allais pas me jeter dans la mer, alors ils me laissent jouer là où le sable est mouillé, moins chaud et plus drôle à patouiller.

Le Dr Marot observa son écran : les battements de cœur de Ben s'accéléraient.

– Restez concentré et rappelez-vous que tout va bien. Nous arrivons bientôt au moment où tout a basculé, mais vous êtes en sécurité. Vous n'avez pas à le craindre.

– Maman est loin, continua Ben, les yeux toujours fermés mais les sourcils froncés. Papa aussi. Je me sens un peu seul, quand un autre petit garçon vient voir ce que je fais. Au début, je suis content d'avoir un copain. Et puis il prend mon seau. J'attends qu'il me fasse un pâté avec, mais il s'en va. Je pleure. Je tends les bras pour qu'il revienne. Mais l'autre rigole en se sauvant.

– Et ensuite ?

– Sa mère l'oblige à me rendre mon seau. Le garçon fait demi-tour. Il est fâché. Moi aussi. J'aime pas comment il me regarde. Je crois qu'il va me taper. Quand il jette le seau près de moi, je ne contrôle plus ma colère : je lui attrape le bras et le mords de toutes mes forces. Il n'avait qu'à pas m'embêter !

Les battements de cœur de Ben s'affolèrent.

– Concentrez-vous. Vous y êtes presque.

– Et là, là, la mère de l'autre se met à me crier dessus. Maman arrive et crie aussi. Papa m'attrape, m'assoit sur ma serviette et me gronde avec une grosse voix. Je me sens pas bien. Je pleure parce qu'ils crient tous. Je voulais pas faire mal au garçon, mais il fallait pas qu'il prenne mon seau ! Je comprends que c'est très mal, très mal, ce que j'ai fait. Je suis vilain. Un vilain garçon. Je suis méchant. C'est pas bien. J'aurais pas dû. Je voudrais effacer ça, mais je ne peux pas. Alors je pleure. Papa range le parasol. Maman me rhabille en continuant de me disputer.

– Arrêtez-vous sur cette image, Ben. N'allons pas plus loin. C'est le moment qui nous intéresse. Vous êtes là, grondé par vos parents et la mère d'un autre enfant. Vous vous en voulez… Mais nous réécrivons cette histoire. Revenez juste au moment où l'enfant vous rend votre seau.

– Je… je le mords.

– Oui, vous le mordez. C'est comme ça que ça s'est passé. Mais sa mère l'a juste attrapé et ramené à sa serviette. Elle l'a disputé, lui, pour vous avoir pris vos affaires. La morsure n'était pas bien grave, et il l'avait méritée…

– Ah bon ? murmura Ben, qui risquait de se réveiller.

– Visualisez la scène. Sa mère le dispute, lui. Ensuite ?

– Je… maman arrive et…

– Elle vous réconforte parce que vous pleurez. Elle vous prend dans ses bras.

– Oui. Oui. J'ai récupéré mon seau. Ma colère s'en va.

– Tout va bien. Vous avez passé une bonne journée à la plage.

– On range les affaires tranquillement. Papa et maman ne sont pas fâchés. Je… je n'ai rien fait de mal.

– Tout va bien.

– Tout va bien.

Les battements de cœur de Ben retrouvèrent leur régularité. Soudain, son aura d'un rouge profond se mit à vaciller. Le Dr Marot retint son souffle.

– Est-ce que vous vous en voulez d'avoir mordu cet enfant ? murmura-t-elle.

– Non, répondit Ben. Il n'a pas eu vraiment mal. Et c'est lui qui avait pris mes affaires. Tout va bien.

Il respira profondément, et le halo de son aura s'éclaircit progressivement. La psychiatre vit le rouge virer au rose, puis devenir de plus en plus pâle jusqu'à retrouver le blanc cotonneux des nouveau-nés. À mesure que Ben inspirait et expirait, soulagé du poids de la culpabilité ressentie dans son enfance, son aura se teintait à nouveau, mais cette fois-ci dans des nuances de bleu.

– Ben, je vais compter jusqu'à trois. Et à trois vous vous réveillerez, détendu, en pleine forme, et avec les souvenirs conscients de cette séance. Un. Deux. Trois.

Ben ouvrit les yeux. Il se sentait étrangement bien. Il se redressa lentement sur le canapé sans décrocher les fils qui pendaient des électrodes sur son front. Le Dr Marot lui sourit et pivota l'appareil de scan dans sa direction.

Il ne comprit pas tout de suite quand il découvrit le magnifique halo bleu de son aura.

19. Cobaye

La psychiatre téléphona immédiatement au Dr Peysson.

– Amenez-le-moi, répondit-il d'un ton dubitatif.

L'appareil de mesure dont il se servait à son cabinet était plus fiable que n'importe quel scan portatif. Si Ben avait réellement inversé sa bascule, il le confirmerait pour de bon. Le Dr Marot mettait tous ses espoirs dans cette confrontation qui prouverait qu'elle avait raison.

Elle sortit dans le couloir, où l'immense infirmier montait la garde.

– Laissez-nous, ordonna-t-elle, agacée de se sentir surveillée.

Mais le colosse ne bougea pas. Il regarda Ben d'un air suspicieux. D'autres patients avaient tenté de quitter l'établissement, et les plus près de réussir avaient toujours commencé par attendrir l'un des médecins.

Ben sortit prudemment de la petite pièce, comme s'il avait peur de froisser son aura toute neuve.

Le Dr Marot soupira en constatant que ses ordres n'étaient pas appliqués. Elle finit par renoncer.

– Nous allons directement voir le Dr Peysson, expliqua-t-elle à l'infirmier. Ce patient a retrouvé son aura bleue.

Elle voulait que Ben soit tout de suite traité comme l'être exceptionnel qu'elle voyait en lui, qu'on cesse de le considérer comme un criminel qui risquait de s'évader. Mais le colosse se tint tout près de Ben pour l'empêcher de s'enfuir s'il tentait quoi que ce soit.

Le Dr Peysson les fit entrer immédiatement et renvoya l'infirmier d'un geste de la main.

– Voyons ça.

Il alluma son appareil en faisant signe à Ben de se placer face à la machine. Le garçon se tourna vers le Dr Marot, qui l'encouragea d'un sourire.

Ben s'installa. Quelques secondes plus tard, le résultat du scan s'affichait sur l'ordinateur du chef de la clinique. Celui-ci hocha la tête.

– Je ne pensais pas que vous réussiriez aussi vite, murmura-t-il.

Il ne semblait pas vraiment surpris, ni exceptionnellement enthousiaste, ce qui déstabilisa Amélie

Marot. Il aurait dû sauter de joie ! Ils avaient enfin découvert les causes de la bascule et le moyen de l'inverser !

Soudain, la jeune femme eut un mauvais pressentiment. Une petite voix lui souffla que le Dr Peysson savait déjà ce qu'elle venait de mettre des mois à prouver.

Le chef de la clinique toisa Ben avec un sourire carnassier.

– Jeune homme, vous faites partie des rares élus qui peuvent accéder à la seconde phase des tests cliniques.

– Quoi ? Quelle seconde phase ? s'écria le Dr Marot.

Le sourire de Peysson s'élargit encore plus.

– Oh ! Vous croyiez être la première à réussir, n'est-ce pas ? Mais ce n'est pas si simple… Pour inverser la bascule, quelques tours de passe-passe suffisent peut-être. Moi, je vous parle de sauver le monde. Et, pour cela, nous avons encore besoin de notre jeune ami.

– Je ne comprends rien, répondit l'intéressé. Je croyais que je pourrais rentrer chez moi ?

– Allons, des millions d'auras rouges comptent sur vous. Vous n'allez pas les laisser tomber si près du but ?

Ben se prit la tête entre les mains. Il en avait assez de servir de cobaye. Il voulait que tout cela s'arrête. Qu'on le laisse enfin tranquille. Le choc d'avoir retrouvé son aura bleue l'empêchait de réfléchir.

– Écoutez, reprit le Dr Peysson d'une voix plus paternelle. Je vais annuler vos autres examens d'ici à notre départ. Reposez-vous, vous l'avez bien mérité !

– Où allez-vous l'emmener ? demanda le Dr Marot.

Peysson appuya sur le bouton d'appel de l'infirmier, qui ouvrit aussitôt la porte.

– Veuillez reconduire M. Rhodier jusqu'à sa chambre, s'il vous plaît. Vous ferez en sorte qu'il ne lui arrive rien de fâcheux jusqu'à demain. Oh, et une petite vérification des lieux s'impose, naturellement.

– Compris, docteur.

Le colosse obligea Ben à se lever. Le jeune homme, perdu, croisa le regard du Dr Marot. Elle implora son pardon, les yeux embués de larmes, impuissante face aux directives de son responsable. Ben se détourna.

– C'est quoi, la vérification des lieux ? grommela-t-il, une fois dans le couloir.

– Je vais enlever tout ce qui me paraît susceptible de pouvoir te blesser. Le patron te veut entier, alors faudrait pas que tu fasses une bêtise d'ici à demain...

Cette réponse glaça Ben. Ainsi, Peysson craignait qu'il ne se suicide pendant la nuit. Le jeune homme n'y aurait jamais pensé tout seul. Il n'avait pas du tout envie de mourir ! Mais, alors que l'infirmier retirait tous les cordons avec lesquels il pouvait s'étrangler et tous les miroirs qu'il pouvait briser pour se tailler les veines, la raison profonde de ces précautions apparut à Ben :

« La phase 2. Je ne sais pas ce qu'elle cache, mais Peysson a l'air de penser que la mort est préférable... en tout cas, d'autres ont envisagé d'en finir plutôt que de continuer les tests. »

Il n'arrivait toujours pas à croire que d'autres médecins étaient déjà parvenus à inverser la bascule sans que cela s'ébruite. Il ne savait même pas ce que le Dr Marot lui avait fait pour y parvenir.

⋆ ⋆ ⋆

Dans le bureau, le chef de la clinique ordonna au Dr Marot :

– Il me faut votre rapport complet demain matin sur mon bureau. Méthodes, analyses, conclusions. Aspects théoriques et pratiques. Vous passerez la nuit ici s'il le faut. C'est clair ?

Amélie Marot rassembla son courage pour tenir tête à son patron.

– Je ne vous donnerai rien du tout tant que vous ne m'aurez pas expliqué ce qui se passe. Qu'est-ce que c'est que cette phase 2 ? Et pourquoi me l'avez-vous cachée ? Et les autres patients redevenus bleus, où sont-ils maintenant ?

Elle était hystérique. Elle savait que Peysson dissimulait des secrets, mais ne s'attendait pas à ce qu'ils aient une telle ampleur. Dire qu'elle pensait être la première à… Elle se souvint soudain de l'histoire de Ferdinand Milnot, cet homme à l'aura rouge redevenue bleu quelques heures avant de basculer à nouveau. Elle avait entendu d'autres médecins en parler à son arrivée dans la clinique, mais l'avait toujours considérée comme un mythe.

– Vous aviez raison pour la culpabilité, lui répondit le Dr Peysson. Mais vous ne vous intéressez qu'au psychique, alors que ce qui compte, c'est la chimie. La modification de l'énergie à son niveau primaire. La réaction corporelle.

– Vos pilules…, murmura Amélie Marot, qui comprenait soudain.

Peysson hocha la tête.

– Je possède un laboratoire, dans la capitale. C'est là que les composés chimiques sont assemblés pour concevoir les pilules du futur.

– Et pour vos travaux vous vous basez sur les cellules des quelques auras rouges dont la bascule s'inverse.

Le chef de la clinique posa une main sur le haut de son torse.

– Voyez-vous, le thymus se modifie de façon spécifique, non pas au moment de la bascule, mais lors de l'inversion. Une fois modifiées, les cellules de cette glande nous permettent de contrôler l'évolution des énergies des patients sains.

– Alors, vous retirez le thymus des rouges redevenus bleus pour vous en servir dans vos médicaments ?

– Ce n'est pas aussi simple. Une fois qu'il n'est plus irrigué, le thymus perd ses propriétés...

– Vous les disséquez vivants, conclut Amélie Marot, horrifiée.

– Quelques sacrifices pour sauver des millions de gens, répondit Peysson en haussant les épaules.

– Mais vous ne sauvez personne avec vos médicaments ! hurla la psychiatre. L'aura rouge n'est pas une maladie ! Vous maintenez cette ségrégation injuste alors que le monde entier devrait savoir ce qui se cache derrière la bascule !

Peysson appuya à nouveau sur le bouton d'appel sous son bureau.

– Vous ne comprenez décidément pas, ma chère. J'ai déjà sauvé le monde ! Ma découverte a mis fin aux guerres et a rendu notre société plus juste ! Grâce au jeune Ben et grâce à vous, nous pouvons enfin prévoir une commercialisation de masse... Vous venez de me faire gagner beaucoup de temps et d'argent. Une fois ma pilule sur le marché, je pourrai réellement maintenir l'équilibre dans la société.

Un nouvel infirmier aux bras épais entra dans le bureau. Amélie Marot recula jusqu'au mur.

– Ne faites pas l'enfant, la sermonna le Dr Peysson. Vous allez bien gentiment regagner votre bureau et préparer les documents que je vous ai demandés. Demain, Ben Rhodier et moi prendrons le train pour nous rendre dans la capitale, où nous commencerons la seconde phase de tests. Vous devriez être fière de vous : c'est la première fois qu'une méthode fonctionne aussi facilement pour inverser la bascule. Grâce à vous, nous allons pouvoir rendre bleus de nombreux patients qui suivent le programme. D'autant plus de clés pour terminer la mise au point de la pilule.

Amélie Marot n'écoutait pas. Elle cherchait un moyen d'échapper à l'infirmier. Elle songea une seconde à détacher une épingle de son chignon, à griffer le visage de son agresseur avec pour faire diversion et atteindre la porte. Mais que lui arriverait-il alors ? Elle serait rattrapée avant le bout de la rue. Et si Peysson faisait disparaître aussi facilement ses patients, qu'advenait-il des confrères qui découvraient ses manigances ?

Il lui restait un peu d'espoir, pourtant : les coordonnées des médias transmises par Manepma. Si elle jouait le jeu de Peysson, peut-être aurait-elle le temps d'alerter l'opinion publique.

Elle prit sur elle afin de ne plus agir comme une proie traquée. Elle se redressa, tira sur sa veste de tailleur et leva le menton bien haut.

– Je vais préparer mes notes, annonça-t-elle.

– Parfait. Je savais que vous seriez raisonnable. Un bel avenir vous est promis, vous savez. J'aurai sans doute besoin de quelqu'un, ici, pour superviser les inversions des patients…

La proposition était alléchante, mais Amélie Marot savait ce qu'elle devait faire. Et elle n'avait pas une seconde à perdre.

* * *

Lorsqu'elle regagna son bureau, son premier réflexe fut de se rendre sur Internet. Pouvait-elle diffuser les images de l'aura de Ben en train de changer ? Son scan avait enregistré toutes les données…

Elle tapa quelques mots clés et constata que le nombre d'hoax sur les bascules inversées avait encore augmenté : des jeunes se filmaient tous les jours et s'appliquaient des filtres pour modifier leur aura. Ces techniques n'étaient pas nouvelles, elles avaient fait fureur au cinéma vingt ans plus tôt pour surcoloriser les films. Un acteur à l'aura bleue pouvait jouer le rôle d'un rouge sans risquer de basculer lui-même. Une grande partie des comédies romantiques présentaient d'ailleurs un amour impossible entre deux individus aux couleurs opposées. De nombreux drames relataient la descente aux enfers d'une personne après sa bascule, et les biopics n'avaient jamais été aussi réalistes depuis qu'ils prenaient en compte l'aura des personnalités mises en lumière.

Maintenant, c'était presque passé de mode. La plupart des films sortaient encore avec surcolorisation, mais les auras n'étaient plus que rarement au centre de l'histoire. C'était devenu un élément de caractérisation des personnages, rien de plus.

Le Dr Marot cliqua pour fermer la fenêtre. Si elle diffusait les images de Ben elle-même, le premier réflexe d'un internaute lambda serait d'imaginer que les couleurs étaient truquées.

– Il va falloir contacter les médias officiels, murmura-t-elle.

Elle sortit les informations obtenues grâce à Mathias de Manepma. Le bout de papier où la jeune Chloé avait griffonné son numéro de téléphone tomba sur le bureau.

Amélie Marot se promit de l'appeler après, pour l'informer de la situation de Ben. L'idée qu'il se fasse disséquer pour les besoins de la science souleva le cœur de la psychiatre qui décrocha le téléphone en réprimant une nausée. Elle composa le numéro de l'agence de presse nationale. Pas de tonalité.

Elle raccrocha rageusement avant de tenter d'ouvrir une nouvelle fenêtre Internet, mais la connexion avait été coupée.

« Le salaud ! »

En l'obligeant à travailler ici, Peysson s'assurait qu'elle ne diffuserait aucune information.

La psychiatre se leva d'un bond, son sac à l'épaule. Mais quand elle ouvrit la porte de son bureau, l'infirmier, deux fois plus épais qu'elle, l'empêcha de sortir.

– Déjà terminé ? demanda-t-il, le sourcil levé.

– Je...

L'homme croisa les bras, attendant que la psychiatre s'explique. Ses muscles impressionnants effrayèrent le Dr Marot.

Sans répondre à cet homme missionné pour la surveiller, elle referma la porte aussi vite qu'elle l'avait ouverte et attrapa son téléphone portable en espérant de tout cœur que Peysson n'oserait pas utiliser de brouilleur. Ou, s'il le faisait, qu'il lui faudrait plusieurs minutes pour l'activer.

* * *

Après les cours, Florent empêcha Chloé de monter dans le tram en direction de leur planque habituelle.

– Depuis qu'on sort ensemble, on ne fait que chercher Ben, lui dit-il d'un air triste. Ton Dr Marot doit nous appeler si elle le trouve, et on ne peut pas aller voir son père tant que Jason et Freddy traînent dans le quartier.

Il inspira profondément avant de demander :

– Et si on passait un peu de temps juste tous les deux sans penser à lui ? Je suis sûr que Ben comprendrait.

Le cœur de la jeune fille s'emballa. Florent avait raison. Ils pouvaient s'accorder un soir de pause dans leur enquête.

– Chez toi ? suggéra-t-elle d'un ton gourmand.

Il acquiesça, les joues en feu, en lui prenant la main.

Un peu plus tard, ils se trouvaient enlacés tout habillés sur le lit de Florent. Une chaleur étouffante régnait dans la chambre, tellement les hormones des deux adolescents s'affolaient. Chloé et Florent ne pensaient à rien. Ils se laissaient porter par leurs sensations, leurs baisers et leurs caresses. Leurs mains timides glissaient vers des zones bien plus chaudes et plus douces qu'ils ne l'imaginaient. Leur désir montait, leur ôtant le souffle et la raison. Au moment où Florent dégrafait le soutien-gorge de Chloé, le téléphone de celle-ci sonna.

Elle se détacha de son étreinte en soupirant. Son corps voulait éteindre le téléphone pour plonger dans les délices des caresses de Florent. Mais une part de son esprit remerciait ce coup de fil qui l'empêchait de perdre totalement le contrôle. Si agréable que cela soit, ça allait un peu trop vite. Elle n'avait pas prévu de perdre sa virginité ce jour-là.

Elle attrapa le portable pendant que Florent continuait de l'embrasser dans le cou.

– C'est elle ! C'est le Dr Marot !

Le garçon s'arrêta, l'air boudeur, pendant que Chloé décrochait.

20. Agression

– J'ai retrouvé votre ami, commença la psychiatre.

– Comment va-t-il ?

– Il est en danger.

– Quoi ?

– Écoutez-moi, je n'ai pas beaucoup de temps : Ben a changé. Nous avons réussi à inverser la bascule.

Chloé mourait d'envie de lui couper la parole pour en savoir plus, mais le ton affolé du Dr Marot n'invitait pas au bavardage. La psychiatre continua :

– Le Dr Peysson va le transférer demain dans un laboratoire de la capitale. Il faut à tout prix empêcher Ben d'y mettre les pieds, vous comprenez ?

– Non, avoua Chloé.

L'inversion de la bascule était une nouvelle incroyable ! Le Dr Marot aurait dû se réjouir au lieu de paniquer comme ça ! Chloé avait l'impression qu'on lui annonçait la disparition du cancer… Si les rouges pouvaient redevenir bleus, alors Florent et elle guériraient bientôt ! C'était formidable ! Elle était tellement heureuse pour Ben !

À l'autre bout du fil, la psychiatre expliqua :

– Le Dr Peysson veut utiliser le corps de Ben pour terminer la mise au point de sa pilule miracle. Si votre ami pénètre dans le laboratoire, il n'en ressortira jamais.

La joie de Chloé retomba aussitôt.

– Qu'est-ce qu'il va lui arriver ?

– Peysson est prêt à tout. Il se fiche de tuer ou de torturer ses patients. Il compte lui retirer son thymus. Peut-être même de son vivant.

Chloé pâlit d'un coup en se souvenant de la dissection, en SVT.

– Peysson me garde sous surveillance à la clinique, poursuivit le Dr Marot d'un ton amer. J'ai essayé de contacter les médias pour les prévenir, mais je suis coincée.

– On va venir vous chercher, proposa Chloé.

– Non ! Peysson a encore besoin de moi, il ne me fera rien, pour l'instant. C'est Ben qu'il faut libérer à tout prix. Et révéler au monde les véritables causes de la bascule.

– Qu'est-ce que c'est ? souffla Chloé.

– La culpabilité profonde. C'est le seul sentiment qui différencie les auras rouges des auras bleues. Les remords sincères qui nous poussent à avoir envie de réparer le mal que l'on a causé, sans en avoir le pouvoir. Depuis des années, les rouges sont jugés sur une base faussée. On les dit mauvais par nature, alors qu'ils éprouvent simplement des remords, tandis que les bleus sont persuadés d'agir de façon juste. Le monde mérite de savoir que les auras rouges ne sont pas des criminels en puissance, et les bleus les personnes vertueuses que la société met en avant ! Ben ne connaît pas la vérité sur le sentiment de culpabilité et le fait que c'est en l'éliminant qu'il est redevenu bleu. Il ne sait pas non plus ce que Peysson va lui f…

La communication se coupa soudain.

– Merde !

Chloé tenta de rappeler le Dr Marot, mais la sonnerie donnait l'impression que le numéro n'existait plus.

– Qu'est-ce qui se passe ? demanda Florent, qui n'avait saisi que des bribes de la conversation.

Chloé lui raconta tout. La bascule inverse de Ben, la culpabilité, le choix de Peysson de disséquer leur ami pour parvenir à commercialiser sa pilule miracle, les tortures sur les rouges, la séquestration du Dr Marot et le transfert dans la capitale, prévu pour le lendemain.

Le garçon, définitivement coupé dans ses élans amoureux, acquiesça d'un air grave. Malgré la jalousie qu'il éprouvait chaque fois que Chloé parlait de Ben, il voulait empêcher qu'on fasse du mal à son ami.

– Le père de Ben, dit Florent, réfléchissant à voix haute. Si c'est bien lui qui a agi pour que son fils intègre le programme de Peysson, il peut peut-être encore intervenir pour le sauver. Il n'y a que lui qui pourra le faire sortir de là de façon légale.

– Allons le trouver, acquiesça Chloé en se contorsionnant pour rattacher son soutien-gorge. Mais réfléchissons aussi à d'autres pistes. Si le père de Ben ne se rend pas compte de la gravité de la situation, il faudra trouver un moyen de faire évader Ben.

⋆ ⋆ ⋆

Le quartier de Ben n'était qu'à trois arrêts de tram. Dès qu'ils descendirent, les deux amoureux virent les gars de la bande de Jason et de Freddy qui fumaient, adossés à des arbres sur le parking. Tout près.

– Merde.

Ils les avaient oubliés, ceux-là.

Le tram était déjà reparti, impossible de filer, cette fois-ci. Ils se cachèrent derrière des panneaux publicitaires sans quitter le quai. Si ces brutes les voyaient, elles n'hésiteraient pas à se défouler sur eux.

– Quatre contre deux, on ne fait pas le poids, murmura Chloé.

– J'essaye d'appeler chez Ben. On peut parler à ses parents par téléphone.

Il joignit le geste à la parole. La mère de Ben décrocha.

– Allô ?

– Madame Rhodier ! C'est Florent, le copain de Ben.

– Oui… je…

Derrière elle, la grosse voix du père de Ben demandait qui était au bout du fil.

– Passez-moi votre mari, lui dit Florent en improvisant.

Mme Rhodier murmura :

– C'est pour toi.

– Allô ! grogna le père de Ben.

– Monsieur Rhodier, je vous appelle à propos de Ben. Votre fils a retrouvé son aura bleue, mais les médecins le retiennent toujours contre son gré. Ils vont le transférer pour le disséqu…

– Mon fils est là où il doit être ! J'ai donné carte blanche au Dr Peysson pour qu'il sauve son âme, alors laissez-moi tranquille et n'empêchez pas la science d'avancer !

– Mais…

Le père de Ben raccrocha violemment.

– Alors ? demanda Chloé.

– Visiblement, le père de Ben est bel et bien responsable de son internement, et il a toute confiance en Peysson. Il n'avait pas l'air au courant du changement d'aura de son fils, mais je n'ai pas l'impression que cette annonce l'ait perturbé dans ses convictions.

– Voilà qui fait de lui une parfaite aura bleue, si j'en crois le Dr Marot. Le père de Ben est convaincu d'agir pour le mieux. Même si ça le conduit à condamner son propre fils.

Florent hocha la tête. Il ne saisissait pas encore toute l'ampleur de la révélation sur le sentiment de culpabilité. La voix du père de Ben parlant de « sauver l'âme » de son fils résonnait encore en lui.

– Tu as toujours la carte donnée par l'infirmière ? Il y avait un numéro pour joindre « Mon aura n'est pas mon âme ».

– Tu crois qu'ils peuvent nous aider ?

– S'ils ont organisé la manif de l'autre jour... ils peuvent bien se mobiliser pour faire évader Ben !

Derrière eux, la rue était devenue étrangement silencieuse. Chloé jeta un coup d'œil autour d'elle et avala sa salive : Jason, Freddy et leurs deux amis les avaient repérés. Ils avançaient d'un pas tranquille mais décidé. Certains tenaient des matraques collées le long de leurs jambes.

Florent regarda au loin si le tram arrivait, mais le panneau indicateur estimait l'attente à trois minutes. Assez pour se prendre une bonne dérouillée.

– Appelle l'association tout de suite, murmura Chloé. Avant d'aider Ben, ils pourraient déjà nous sortir de ce pétrin.

Le cœur battant, le garçon composa le numéro de l'association en se plaçant devant Chloé pour la protéger. Il n'était pas beaucoup plus épais qu'elle, mais tant qu'à faire il préférait encaisser les coups à sa place. Téléphone à l'oreille, il ne quittait pas des yeux la bande de bleus qui pénétrait sur la partie du quai réservée aux auras rouges. L'agent du réseau ne bougeait pas de sa guérite, ignorant encore les problèmes à venir.

Soudain, quelqu'un décrocha à l'autre bout du fil.

– « Mon aura n'est pas mon âme », bonjour ! Cindy à l'appareil. Je vous écoute.

– Bonjour, heu... je suis avec une amie et heu... quatre types arrivent pour nous casser la gueule, juste parce qu'on est rouges.

La voix enjouée comprit aussitôt l'urgence de la situation.

– Y a-t-il un endroit où vous pouvez vous mettre à l'abri ?

– Non, on est sur le quai du tram...

– Appelez l'agent du réseau.

– Il est trop loin, et les autres nous barrent le chemin !

Instinctivement, Florent poussait Chloé à reculer pour gagner du temps. Si seulement il n'y avait pas les immenses vitres en Plexiglas qui les empêchaient de traverser les voies, ils fonceraient de l'autre côté pour trouver refuge dans la guérite de l'agent d'en face !

– Ne les provoquez pas, n'essayez pas de vous défendre : si vous les blessez, c'est vous qui aurez des ennuis. J'ai géolocalisé votre téléphone. La police est prévenue, ils vont venir vous aider. Ne bougez pas. Essayez de gagner du temps.

Jason, Freddy et leurs deux amis étaient maintenant à portée de voix. Ils interpellèrent les amoureux :

– Alors, on revient traîner dans le coin ? On cherche la bagarre, hein ? Pas étonnant de la part de rouges… Qu'est-ce que vous en pensez, les gars ? On leur donne une bonne leçon ?

– Ouais. On n'aime pas trop les gens dans votre genre, par ici. C'est à cause des rouges que nos quartiers sont pourris !

– C'est ridicule, lança Chloé par-dessus l'épaule de Florent. On vous a bien vus, l'autre jour, casser un Abribus. C'est trop facile de râler contre les rouges !

Elle ne pouvait pas s'empêcher de faire la brave. Peut-être parce qu'elle ne réalisait pas vraiment le danger. Ou alors parce qu'elle avait mieux à faire qu'affronter une bande de voyous alors que Ben avait besoin d'aide.

Jason fit craquer ses doigts. Il n'était plus qu'à un mètre du jeune couple.

– Elle me cherche, là.

Florent n'avait pas lâché son téléphone portable. À l'autre bout de la ligne, Cindy enregistrait toute la conversation et l'encourageait à rester calme.

– Et qui tu appelles, toi ? Ta mère ?

Freddy allongea le bras pour donner un coup dans le portable, qui tomba par terre. Florent en profita pour attraper la bandoulière du sac de Chloé.

– Va sous le banc, murmura-t-il.

La jeune fille obéit. Le banc n'était qu'une plaque de métal ajourée fixée directement à la structure de l'arrêt. Chloé se recroquevilla tant bien que mal dessous, s'accroupissant pour ne pas toucher le sol poisseux. Elle crut que Florent allait faire tourner le sac au-dessus de sa tête, comme une fronde, pour assommer un ou deux de ces types, mais il s'engouffra à sa suite sous le banc, face à elle. Il montrait son dos à leurs agresseurs et entourait Chloé de ses bras. Le sac, à la hauteur de leurs visages, les protégeait sur un côté. La bande de bleus les insulta en tentant de les frapper avec leurs pieds, jurant contre le manque de prise pour les atteindre.

Chloé enfouit son visage contre le torse de Florent, qui encaissait le plus gros de la raclée. L'un des agresseurs glissa sa matraque sur le côté et réussit à l'enfoncer dans les côtes de la jeune fille, qui hurla. Florent serra les dents. Les autres ne retenaient pas leurs coups. Le dos du garçon le brûlait. Soudain, la matraque s'élança, avec plus de force, et s'abattit sur la tempe de Florent. Il perdit aussitôt connaissance.

– Florent ! s'écria Chloé, prise de panique en le sentant s'avachir contre elle.

Les autres cognaient toujours. Ils réussirent à atteindre les mains de la jeune fille, qui soutenait son amoureux, inconscient.

Des larmes de douleur et d'horreur roulèrent sur les joues de Chloé.

21. Hôpital

Les gyrophares de la police éclairèrent la place. Les agents du réseau quittèrent leurs guérites et découvrirent le déchaînement de violence qui avait lieu sur le quai. Ils accoururent en même temps que les policiers. La bande s'éloigna du banc, les mains levées. Jason écrasa le portable de Florent au passage.

Deux policiers les embarquèrent pour les interroger pendant qu'un troisième sortait Florent de sous le banc. L'agent du réseau l'aida à allonger le garçon blessé tandis que Chloé, sous le choc, s'extrayait à son tour de la cachette improvisée en sanglotant.

– Qu'est-ce que vous leur avez fait pour les mettre en colère ? demanda le policier, visiblement peu préoccupé par l'état émotionnel de la jeune fille.

– Rien, bredouilla Chloé. On les a juste vus casser un Abribus il y a quelques jours…

Pendant ce temps, l'agent du réseau parlait à Florent pour qu'il reprenne connaissance.

Le policier sortit un carnet de notes.

– Donc, toi et ton copain, vous avez cassé un Abribus, et ils ont voulu se venger.

– Mais non !

– Je sais lire entre les lignes, petite.

L'agent du réseau ne réussit pas à retenir un soupir de mépris.

– Un problème ? s'enquit le policier d'une voix dure.

– Enfin, regardez ces gamins ! Ils ne feraient de mal à personne ! Par contre, ces quatre autres, là-bas, se promènent avec des matraques et font la loi dans le quartier ! Ça ne vous suffit pas de ramasser des ados tabassés ? Il faut en plus que vous mettiez leur parole en doute ?

Chloé profita de l'altercation entre les deux adultes pour s'accroupir à côté du visage de Florent. Celui-ci gémit en ouvrant les yeux.

– Mon dos…

– Chut, ne bouge pas, chuchota Chloé.

Elle l'embrassa sur la joue, le plus doucement possible pour ne pas lui faire mal.

Une ambulance arriva à son tour. Ainsi qu'une voiture sans signe distinctif.

Les secours déployèrent un brancard et accoururent jusqu'au quai pendant que le ton montait entre le policier et l'agent du réseau. Une femme – grande, blonde, les cheveux courts – sortit de la voiture et piqua un sprint pour arriver en même temps que les ambulanciers.

– Je représente « Mon aura n'est pas mon âme », lança-t-elle, essoufflée, au policier. C'est moi qui vous ai contacté après l'appel de ces jeunes gens.

Il grommela, oubliant l'agent du réseau.

– Je témoignerai en leur faveur, continua-t-elle. Et j'ai l'enregistrement de leur conversation avec ces voyous.

– Nous vérifierons ça. Je veux l'identité et les coordonnées de tout le monde. Je vous convoquerai bientôt.

Au loin, l'un de ses collègues l'interpella :

– Chef ! Il y en a un qui bascule !

Un sourire carnassier naquit sur le visage du policier. Voilà qui changeait la situation. S'il arrêtait une aura rouge aujourd'hui, tout allait bien.

Il nota tout de même les informations concernant Chloé, Florent, l'agent du réseau et Cindy, la représentante de Manepma. Puis il s'éloigna pour rejoindre ses collègues.

Pendant ce temps, les ambulanciers s'occupaient de Florent. Cindy entoura Chloé de ses bras pour l'aider à supporter cette épreuve, mais la jeune fille ne pouvait pas quitter son amoureux des yeux.

– Viens, lui murmura Cindy.

Chloé acquiesça faiblement, ramassa ses affaires ainsi que le portable brisé de Florent, puis se dirigea vers l'ambulance.

– Il va falloir qu'on appelle ses parents, déclara Cindy d'une voix douce. Et les tiens.

Les grands yeux de Chloé, encore embués de larmes, se tournèrent vers elle.

– Oh non, s'il vous plaît, ne leur dites pas ce qu'il se passe ! Je... je vais rentrer chez moi. Ils n'en sauront rien.

– Pas la peine de leur mentir : que tu le veuilles ou non, les policiers les appelleront. Autant le faire avant eux. Et puis tu ne peux pas t'en aller tout de suite : il faut soigner ça.

Cindy lui montra ses mains abîmées par les coups. Chloé ne s'était même pas rendu compte de ses blessures tellement l'état de Florent la préoccupait. Mais, maintenant qu'elle posait les yeux dessus, elle prenait conscience de la douleur.

Les portes de l'ambulance se refermèrent.

Le trajet jusqu'aux urgences les plus proches dura moins de cinq minutes.

Là-bas, un médecin pansa les mains de Chloé après lui avoir fait des radios de contrôle et appliqué désinfectant et pommade cicatrisante. Pendant ce temps, Cindy, restée à l'extérieur de l'hôpital, informait les parents des deux jeunes gens.

Quand la représentante de l'association retrouva Chloé, son visage affichait un air résigné.

– Des nouvelles de Florent ? demanda Chloé, qui fixait la pendule avec angoisse.

Il avait disparu dans une salle d'examen depuis près d'une heure, et aucun médecin ne leur donnait d'information. Cindy fit signe que non.

– Ses parents arrivent.

Elle baissa les yeux.

– Pas les miens, n'est-ce pas ? demanda Chloé, qui connaissait déjà la réponse.

Cindy confirma d'un hochement de tête.

– Désolée. Je vais m'occuper de toi pour ce soir. Et nous verrons demain avec l'association, d'accord ?

L'envie de pleurer de Chloé s'arrêta net.

« Demain ! Ben va se faire transférer demain ! Je ne peux pas le laisser tomber ! »

Mais Florent aussi avait besoin d'elle.

– Il va me falloir un coup de main, murmura-t-elle à Cindy.

Celle-ci s'imagina que cette demande concernait l'hébergement et la prise en charge par l'association, mais Chloé poursuivit sur sa lancée. Elle raconta l'enquête qu'ils menaient, Florent et elle, depuis la manifestation, la disparition de Ben, les pistes qu'ils avaient suivies, leur découverte de la clinique du Dr Peysson et les révélations du Dr Marot sur les tortures que subissait son ami.

– On doit faire quelque chose pour Ben, conclut Chloé. On ne peut pas permettre au Dr Peysson de le disséquer !

Cindy laissa passer un long silence tandis qu'elle réfléchissait. Elle finit par lui promettre de téléphoner aux responsables de l'association d'aide aux auras rouges le soir même.

– On fera tout ce qu'on peut pour ton ami, assura-t-elle.

Elle caressa le dos de la jeune fille d'une main apaisante puis se leva.

– Je vais me renseigner, pour Florent. Repose-toi un peu en attendant.

Chloé se laissa aller contre le dossier de la chaise en plastique dur. Sa tête toucha le mur derrière elle. Elle pensa aux deux moments à partir desquels son aura s'était teintée de rouge. La fois où elle avait fait le mur pour rejoindre Ben. Et le jour de la manif, quand elle avait désobéi à ses parents. Elle avait éprouvé ce fort sentiment de culpabilité dont le Dr Marot lui avait parlé. C'était net. Elle avait commencé à basculer non pas parce qu'elle avait fait quelque chose de mal, mais parce qu'elle l'avait ressenti ainsi.

Dire que sa mère, son horrible mère, était si convaincue du bien-fondé de ses actes qu'elle ne basculerait probablement jamais. Injuste.

Machinalement, les yeux de Chloé se posèrent sur la télévision accrochée dans un coin de la pièce. Un feuilleton surcolorisé se terminait. Des publicités s'enchaînèrent, puis un flash info remplaça les programmes.

Le visage du Dr Peysson apparut sur l'écran. Chloé aurait reconnu son énorme nez même si son nom et sa fonction n'avaient pas été affichés sur un bandeau en bas de l'écran. Une dizaine de micros se pressaient autour de lui. Des flashs crépitaient. Chloé aperçut en arrière-plan la clinique où se trouvait Ben. Elle se redressa d'un coup.

– Docteur Peysson, on dit que vous avez enfin mis au point un médicament pour empêcher la bascule, est-ce vrai ?

– Oui, je peux vous le confirmer aujourd'hui : il est possible de rester bleu toute sa vie. Notre pilule sera bientôt sur le marché.

Il sourit et continua :

– Je ne veux pas trop m'avancer, mais nous sommes en bonne voie d'établir un traitement pour inverser la bascule. À vrai dire, nous avons déjà réussi.

« Le salaud ! Il pique les recherches du Dr Marot et se les approprie sans parler du sentiment de culpabilité ! »

Les voix des journalistes se superposaient, mais les questions étaient faciles à deviner : Comment avait-il réussi ? Sur qui ? Le changement pourra-t-il concerner toutes les auras rouges ? En combien de temps pouvait-il soigner quelqu'un ?

Peysson leva les mains dans une attitude paternaliste.

– Il faut se pencher sur chaque patient au cas par cas. Je compte ouvrir un établissement spécialisé où les auras rouges pourront suivre l'une de nos cures, mais il faut bien être conscient qu'un traitement à vie sera nécessaire.

« Surtout, ne pas avouer la vérité pour se faire un maximum d'argent. Combien pourront accéder à ces fameuses cures ? Seuls les plus riches resteront bleus. Ça ne résoudra pas la scission de la société ! » songea Chloé.

Le médecin coupa court à l'interview. La caméra pivota pour se focaliser sur le journaliste de la chaîne dépêché sur place, qui prit aussitôt la parole :

– Eh oui, vous l'avez compris, c'est confirmé : on peut inverser la bascule de l'aura. Maintenant, reste à savoir comment le gouvernement – qui étudie les projets de lois sur la discrimination à l'embauche – accueillera la nouvelle et si ces éléments vont réellement remettre en question les cloisonnements actuels.

Une journaliste en plateau remercia son collègue. Les mentions « en direct » et « édition spéciale » s'affichaient dans un coin de l'écran. Quatre hommes étaient assis autour d'une table, encadrant la présentatrice.

– Pour analyser ces révélations sur la bascule, j'accueille aujourd'hui l'évêque Mgr Lomerre, l'imam

Mohamed Ahmad al-Zayn, Patrick Defois, maître de conférences et auteur de l'ouvrage *Pour l'intégration des auras rouges*, ainsi que Paul Jomain, président de « Mon aura n'est pas mon âme ». Messieurs, bonjour, et merci d'avoir accepté d'apporter votre éclairage sur cet évènement qu'on n'attendait plus. Alors, à votre avis, cette information est-elle une vraie bonne nouvelle ou, au contraire, va-t-elle fragiliser les certitudes des auras bleues ?

– Être rouge n'est pas une maladie qu'on peut soigner avec une pilule miracle ! contra aussitôt Paul Jomain. Traiter les auras rouges comme des malades n'est pas plus juste que les traiter comme des criminels en puissance. Il faut penser à l'être humain avant tout !

– Seules la vie vertueuse et la purification de l'âme comptent, déclara l'évêque. On ne peut pas demander à un traitement médical d'absoudre les crimes et les péchés...

Cindy entra à nouveau dans la salle d'attente et Chloé se détourna de la télévision.

– Florent est réveillé. Tu peux venir le voir.

22. Appels

– Florent !

Chloé courut jusqu'au lit avec l'intention de se jeter sur lui, mais s'arrêta net. Pas question de lui faire encore plus mal, même si elle mourait d'envie de le serrer dans ses bras en l'embrassant avec passion.

– Salut, murmura-t-il en souriant.

Il avait les traits creusés par la douleur.

– Alors ?

– Ils ne m'ont pas raté. J'ai droit à un super-cocktail d'antidouleurs pendant au moins un mois…

Chloé retint ses mains, mais le garçon la rassura d'une voix amusée :

– Tu as quand même la permission de m'embrasser, hein.

Elle s'assit avec précaution sur le bord du lit avant de lui déposer un baiser tout doux sur les lèvres.

– Ils te gardent combien de temps ? demanda-t-elle.

– Oh, je crois que mes parents vont pouvoir me ramener. Je ne suis pas très vaillant, mais je peux marcher.

Il bougea pour se redresser à l'aide de son coude. Une grimace contracta son visage.

– Presque, corrigea-t-il.

Chloé se sentit mal à l'aise. Que lui dire ? Comment lui parler du sauvetage de Ben alors qu'il avait besoin d'elle ?

Elle sortit le portable cassé du garçon et le lui tendit. La vitre était fendue en plusieurs endroits.

Florent essaya de l'allumer, manqua de s'ouvrir un doigt en touchant l'écran tactile brisé, puis hocha la tête.

– Avec une bonne quantité d'adhésif, ça devrait tenir jusqu'à ce que je puisse en avoir un nouveau.

– Dommage que ce ne soit pas aussi simple pour ton dos, plaisanta Chloé, les yeux tristes.

Il lui tira la langue pour la forme.

Le visage de Florent s'assombrit soudain, comme si le spectre de Ben revenait hanter sa chambre d'hôpital.

– Qu'est-ce qu'on va faire pour…

Il n'osait pas prononcer le nom de leur ami.

– J'ai parlé à Cindy. Tu sais, la fille de l'association que tu as eue au téléphone ? Elle va voir avec « Mon aura n'est pas mon âme » s'ils peuvent faire quelque chose.

– Bien.

Le silence grandit tandis que le garçon réfléchissait. Finalement, il pressa les doigts de Chloé.

– Et s'ils ne nous croient pas ? Ou s'ils ne veulent pas l'aider ?

– Ils ne vont pas refuser d'aider un rouge qui a besoin d'eux ! certifia Chloé.

– Sauf qu'il est bleu, maintenant. Et qui te dit que les membres de Manepma n'attendent pas la pilule de Peysson avec impatience ?

Chloé voulait garder espoir. Elle avait besoin que des adultes référents prennent le problème en charge. Mais Florent avait raison : il y avait encore le risque que l'association de défense des auras rouges laisse Peysson emmener Ben dans son laboratoire.

Elle eut soudain l'impression de devoir choisir entre Ben et Florent. Ils avaient tous les deux besoin d'elle. Dire que, si elle avait coupé son téléphone, Florent et elle seraient encore dans la chambre du garçon à découvrir leurs corps, et non pas à l'hôpital… Mais cela signifierait aussi qu'ils auraient laissé leur ami mourir sans rien faire.

Choisir était terrible, mais elle ne fut pas longue à prendre une décision. Florent, seulement blessé, s'en remettrait. Ben, lui, risquait de mourir dans d'atroces souffrances.

– Si l'association ne fait rien, je trouverai un moyen de libérer Ben, affirma Chloé.

Florent serra sa main.

– Sois prudente. On ne sait pas jusqu'où ceux qui le retiennent sont capables d'aller.

– Tu préférerais que je reste avec toi ? demanda la jeune fille, un poids sur la poitrine.

– Non. J'aimerais juste être capable de venir sauver Ben, moi aussi. Il n'est pas question de le laisser tomber maintenant.

Chloé hocha lentement la tête, soulagée par la réaction de Florent. C'était important qu'il la soutienne. Ses sentiments pour lui se renforcèrent encore.

Elle se pencha pour l'embrasser alors que la mère du garçon passait la porte. Ils se séparèrent à regret.

– Maman, je te présente Chloé. Chloé, ma mère.

Elles échangèrent à peine quelques mots : Chloé avait hâte de connaître la réponse des dirigeants de Manepma et Mme Bertin voulait se retrouver seule au chevet de son fils.

Chloé quitta la chambre, le cœur lourd, en promettant à Florent de l'appeler dès qu'elle aurait du nouveau.

* * *

Cindy habitait un petit appartement de la métropole, situé dans un quartier limitrophe des communes de banlieue. Les murs aux couleurs éclatantes amenaient du soleil dans chacune des pièces, même si l'extérieur de la résidence semblait aussi gris que le reste du voisinage.

Dans sa cuisine peinte en orange flashy, la bénévole de l'association d'aide aux auras rouges préparait des gaufres pour sa protégée.

– Le secret, c'est la cassonade, expliquait-elle en buvant une gorgée de bière. Ceux qui mettent du sucre blanc n'y connaissent rien.

Chloé, les yeux rivés sur son verre de soda, n'écoutait pas. Elle avait bien d'autres problèmes à gérer que la préparation des gaufres. Le transfert de Ben le lendemain occupait tout son esprit et, si elle tentait de penser à autre chose, le rejet de ses parents, qui l'avaient mise à la porte, et l'image de Florent à l'hôpital lui minaient le moral. Elle se sentait incapable de faire en sorte que tout aille mieux.

Cindy avait appelé les dirigeants de « Mon aura n'est pas mon âme ». Ceux-ci se consultaient actuellement pour voir comment s'occuper du cas de Ben. Chloé leur avait tout expliqué – trois fois – par téléphone, y compris ce qu'elle savait à propos du sentiment de culpabilité comme cause de la bascule. Maintenant, elle devait attendre.

« Et stresser. »

D'une main distraite, elle tripota son portable, mais personne ne cherchait à la joindre. Ni Florent. Ni ses parents. Ni le Dr Marot, sûrement toujours bloquée par Peysson.

– Et voilà ! annonça Cindy en déposant une assiette de gaufres fumantes au milieu de la table.

Son enthousiasme retomba quand elle croisa le regard de Chloé.

– Ça va aller, tu sais.

La jeune fille n'y croyait pas.

Soudain, le téléphone de Cindy sonna. Chloé fit mine de se lever, mais la militante indiqua l'assiette.

– Mange pendant que c'est chaud, ordonna-t-elle en allant décrocher le combiné.

Chloé ne bougea pas d'un millimètre, tendant l'oreille pour capter les paroles de Cindy, ses acquiescements et ses remerciements. Finalement, la jeune femme revint, s'assit en soupirant puis croqua dans une gaufre.

Rien qu'à son air déçu, Chloé comprit que la réponse des dirigeants de Manepma n'était pas la bonne.

– Ils n'aideront pas Ben.

– Je suis désolée, déclara Cindy. Ils sont ravis que la bascule puisse être inversée, et tes informations sur le sentiment de culpabilité vont beaucoup les aider à accompagner les auras rouges au quotidien, bien qu'ils ne soient pas complètement convaincus du lien de cause à effet… mais ils ne pensent pas Peysson capable de tuer ses patients pour la mise au point d'un médicament. Ils ont confiance en ses recherches.

La jeune femme poussa l'assiette vers Chloé, qui se servit par réflexe. Tandis qu'elle croquait dans la gaufre aussi croustillante que moelleuse, ses pensées dérivèrent sur la façon dont elle allait pouvoir sortir Ben de là, toute seule face à une organisation bien rodée.

Cindy prit le silence de Chloé comme le signe de son renoncement.

– Ne t'en fais pas, Ben reviendra bientôt. Dès que Peysson aura fini ses analyses, il le renverra chez ses parents et vous retrouverez tous une vie normale. Et peut-être que ton ami sera une star ! Le premier rouge redevenu bleu !

Chloé acquiesça pour faire plaisir à son hôte, qui suivait les directives de son association. Si Cindy avait cru les affirmations de Chloé sur le danger de mort que courait Ben, maintenant elle ne semblait plus la prendre au sérieux. Ou alors c'est qu'elle n'était pas aussi sincère qu'elle paraissait l'être.

La policière leur avait dit que quelqu'un de « Mon aura n'est pas mon âme » s'était porté garant pour Ben pendant la manifestation… C'était la dernière personne à l'avoir vu libre. Chloé comprit que l'association était impliquée dans tout ça.

– Finis de manger, je te prépare le canapé et quelques affaires pour demain. Tu voudras que je te dépose au lycée ? Ma permanence au standard de Manepma ne commence qu'à 14 heures, mais…

La proposition fit comme un électrochoc dans le cerveau de la jeune fille. Pas question d'être surveillée à son tour : elle devait être libre de ses mouvements pour sauver Ben !

– Non, c'est bon, je prendrai le tram.

– Comme tu veux.

En allant se coucher, dans cet appartement loin de la maison, Chloé envoya un texto à Florent :

« Pas de renfort. J'y vais seule. Biz. »

Puis elle élabora une dizaine de plans, des plus simples aux plus improbables, sans réussir à corriger les défauts que chacun d'eux présentait.

* * *

Florent se réveilla avec la sensation qu'un troupeau d'éléphants enragés avait fait des claquettes sur son dos pendant toute la nuit. Il consulta son portable et découvrit le message de Chloé.

Il ferma les yeux, se rendant compte à quel point Ben lui manquait. Sa bonne humeur, son humour un peu limite, ses paris idiots et même ses coups de sang. Malgré la jalousie qu'il pouvait éprouver à voir Chloé se démener ainsi pour lui, c'était son meilleur ami et il ne le laisserait pas mourir sans rien faire.

Le jeune homme prit une grande goulée d'air, souleva la couette et fit pivoter ses jambes dans le vide. Lorsque ses pieds touchèrent le sol, une décharge de douleur monta de ses reins à sa nuque. Il souffla profondément en essayant de ne pas hurler.

Quelques minutes plus tard, alors que sa mère entrait dans la chambre pour voir s'il allait bien, le garçon se cramponnait à son bureau. Il n'avait pas réussi à atteindre son armoire, mais comptait bien s'habiller.

– Tu es complètement fou ! lui lança sa mère.

Elle accourut pour le soutenir.

– Tu dois rester allongé pour…

– Pas aujourd'hui, maman. Demain, si tu veux, et les jours suivants. Mais aujourd'hui j'ai quelque chose d'important à faire.

Sa mère ne consentit à l'écouter que quand il fut de nouveau assis sur le lit.

Alors Florent lui raconta tout ce qu'il savait sur Ben et sur la clinique où on le retenait contre son gré, sur le changement de son aura et sur le risque qu'il finisse disséqué pour le « bien de la science ». Il lui avoua enfin le lien entre le sentiment de culpabilité et la bascule.

Sa mère se contenta de le dévisager en passant en revue différents épisodes de sa vie. Avait-elle déjà culpabilisé vraiment ? S'en était-elle profondément voulu pour quelque chose ? Non. On l'avait toujours confortée dans l'idée qu'elle agissait de la bonne façon, que son aura bleue faisait d'elle une personne de confiance. Même lorsque Florent était petit et qu'elle lui avait coincé les doigts dans le hublot de la machine à laver, elle ne s'en était pas voulu.

« C'était de sa faute, il n'avait pas à traîner dans mes pattes à ce moment-là..., songea-t-elle en se souvenant de ses sentiments de l'époque. Et puis il n'a rien eu de cassé... ».

Pour Florent, la bascule avait eu lieu avant une épreuve du brevet qu'il avait mal révisée. Il le mentionna à sa mère :

– Tu te rappelles ? J'avais stressé pendant toute la nuit... Je m'en voulais d'avoir joué à la console au lieu de bosser...

– Ça ne m'explique pas ce que tu essayes de faire, répliqua-t-elle d'une voix dure en désignant l'armoire.

– Chloé va tenter de libérer Ben, confia Florent. Toute seule. Et je...

La mère de Florent se leva d'un bond. Le jeune homme crut qu'elle allait partir, le laisser là, mais elle se dirigea droit vers l'armoire pour choisir les vêtements de son fils.

23. Acte désespéré

Chloé se cacha à quelques mètres de la clinique, bien décidée à attraper la main de Ben dès qu'il sortirait et à l'entraîner avec elle dans une course-poursuite pour semer ses ravisseurs. Elle avait repéré plusieurs endroits où se planquer sur le chemin, notamment la bouche de métro la plus proche, qu'elle espérait atteindre en profitant de l'effet de surprise. Ensuite, il faudrait emmener Ben à l'abri. Pas chez elle, ni chez Cindy. Probablement chez Florent.

Quand une ambulance se gara devant la clinique du Dr Peysson, Chloé sut que le départ de Ben était proche. Le véhicule lui masquait les deux sorties : la porte principale et celle du fameux numéro 55.

Le chauffeur de l'ambulance vit Chloé se glisser entre son véhicule et le bâtiment puis, une épaule appuyée contre le mur, observer le renfoncement entre les immeubles. Il ouvrit aussitôt la fenêtre :

– Ne restez pas là, mademoiselle.

Chloé quitta sa planque à contrecœur, fit le tour de l'ambulance, puis se dissimula derrière une voiture solaire garée plus loin. Ce n'était pas l'endroit idéal, mais son plan pouvait encore fonctionner.

De longues minutes s'écoulèrent encore avant que la vieille porte en bois ne s'ouvre. Deux immenses infirmiers aux bras épais sortirent les premiers. Ils portaient des holsters par-dessus leurs blouses blanches, et les armes qui en dépassaient leur donnaient l'air de truands mal déguisés. Chloé pâlit. Elle n'avait pas pris en compte le risque que l'escorte de Ben soit armée.

En pestant contre sa naïveté, elle chercha autour d'elle ce qui pourrait l'aider à faire diversion, tandis qu'un jeune homme au visage creux, les yeux cernés, sortait du bâtiment à son tour. Il marchait en traînant les pieds et grimaçait comme si la lumière du jour lui faisait mal. Chloé avala sa salive, perturbée de ne pas reconnaître le Ben qu'elle avait connu au lycée. Pourtant, c'était bien lui. Elle eut soudain la certitude qu'il ne pourrait jamais suivre le rythme si elle l'obligeait à courir.

Deux nouveaux infirmiers armés – dont la carrure n'aurait pas détonné dans un film de gangsters – poussaient Ben en avant. Derrière eux, le Dr Peysson fermait la marche.

Quatre gardes armés, plus Peysson et le chauffeur de l'ambulance, ils étaient six contre elle. Chloé ne voyait pas comment retourner la situation à son avantage. Si au moins Ben avait su ce que Peysson allait lui faire, il aurait peut-être cherché à se libérer plutôt que se laisser guider ainsi... mais, d'après le Dr Marot, il ne connaissait même pas la vérité sur la bascule.

Les hommes qui marchaient en tête arrivèrent au niveau des portes de l'ambulance, qu'ils ouvrirent aussitôt. Ben allait bientôt disparaître à nouveau. C'était maintenant ou jamais.

Sous le coup d'une montée d'adrénaline, Chloé se redressa soudain en appelant :

– Ben !

Malgré les infirmiers qui le poussaient pour le faire monter dans l'ambulance, le garçon tourna la tête. Son regard s'illumina.

– Chloé !

Les autres s'activèrent pour accélérer le transfert. Chloé saisit cette chance de pouvoir révéler la vérité à son ami et le mettre en garde contre Peysson.

– C'est le sentiment de culpabilité ! cria-t-elle. C'est ça qui fait changer l'aura !

Les infirmiers soulevèrent Ben pour l'obliger à entrer de force dans l'ambulance.

– On peut avoir l'aura bleue même avec du sang sur les mains ! Ceux qui croient que leur cause est juste ne basculeront pas !

Peysson réussit à se faufiler dans le véhicule. Il ferma les portes au moment où Chloé hurla :

– Peysson va te disséquer pour enlever ton thymus ! Il en a besoin pour ses recherches ! Tu dois t'enfuir !

L'ambulance démarra aussitôt, laissant Chloé, impuissante, sur le trottoir.

Soudain, un crissement de pneus lui fit tourner la tête. Une petite voiture électrique rouge s'arrêta à sa hauteur. Florent cria par la vitre du côté passager :

– Monte !

La jeune fille n'hésita pas. Elle se glissa à l'arrière et boucla sa ceinture.

– Fonce, maman ! ordonna le garçon. On peut encore les rattraper à la gare !

Au loin, l'ambulance actionnait son gyrophare pour franchir les feux rouges. La mère de Florent s'engouffra dans son sillage, conduisant avec vigilance mais sans lever le pied de l'accélérateur.

★ ★ ★

Dans l'ambulance, Ben entendait la voix de Chloé résonner dans son esprit. Les questions du Dr Marot et sa séance d'hypnose se mêlaient à cette information sur le sentiment de culpabilité. Sa bascule prenait enfin un sens.

Tout ce que cela impliquait tournait dans la tête du jeune homme. Le clivage en deux groupes distincts, le mauvais fond supposé des rouges, relayé par les médias, les erreurs judiciaires commises sous l'influence des scans… Il porta une main à sa poitrine, là où devait se trouver le thymus, la fameuse glande que le médecin comptait extraire de son corps.

– N'écoutez pas cette petite idiote, ordonna Peysson aux infirmiers, qui se posaient des questions sur les affirmations de Chloé.

Le médecin ouvrit une sacoche et en extirpa une seringue. Ben comprit qu'il allait l'endormir pour le transport jusqu'au laboratoire, minimisant ainsi les risques d'évasion. Il lâcha d'une voix rauque d'être restée trop longtemps silencieuse :

– Vous croyez vraiment que je vais tenter quelque chose d'aussi stupide ?

Son apparente faiblesse jouait en sa faveur. Il faisait preuve d'un grand calme, d'une sérénité qui lui avait fait défaut pendant longtemps. Cela endormit la méfiance du médecin, lui faisant oublier l'incident avec Chloé.

– Vous m'aviez promis une aura bleue, continua Ben, et vous avez réussi. Pourquoi est-ce que je ne vous croirais pas quand vous parlez de changer le monde ? C'est bien ce que vous voulez, n'est-ce pas ?

– Tout à fait.

– Et on peut vivre sans thymus.

Ben se souvenait bien du cours de SVT. Ceux qui naissaient sans thymus s'exposaient à des maladies, à des infections... mais ils vivaient quand même.

Peysson se détendit et rangea la seringue.

– J'apprécie votre attitude, jeune homme. Je vous promets que votre nom restera gravé dans l'histoire, à côté du mien !

– J'aime bien ce genre de promesse, répondit Ben en se forçant à sourire.

Au fond de lui, il savait que le médecin ne le laisserait jamais partir, même quand il aurait extrait sa glande si précieuse. Tout ce qui comptait, sur le moment, c'est que Peysson soit convaincu de sa volonté de collaborer.

Ben savait déjà comment il échapperait au médecin et à ses sbires. Ils avaient évoqué eux-mêmes, la veille au soir, la seule échappatoire possible.

« Ceux qui croient que leur cause est juste ne basculeront pas ! » se répéta-t-il.

⋆ ⋆ ⋆

L'ambulance accédait à l'esplanade de la gare. La mère de Florent opta pour le dépose-minute en sous-sol. Il suffisait de prendre un ascenseur pour arriver au pied du tableau lumineux des départs et des arrivées. Avec un peu de chance, ils réussiraient à intercepter Ben avant qu'il n'accède au quai.

– Les hommes de Peysson ne sortiront pas leurs armes au milieu de la foule, affirma Mme Bertin. Vous avez encore la possibilité de le retenir. Je me gare et je vous rejoins. Vous, faites en sorte d'attirer l'attention de la police pour qu'ils interviennent. Mais ne prenez pas de risque inutile.

– Promis, maman, dit Florent en l'embrassant et en s'extirpant tant bien que mal de la voiture.

– Merci, madame Bertin !

Chloé sortit en quelques secondes et soutint son amoureux, toujours handicapé par son dos endolori.

Florent grimaçait à chaque pas. Ils mirent une éternité à atteindre l'ascenseur.

Une fois dans la cabine, le jeune homme souffla bruyamment. Il contenait sa douleur autant qu'il pouvait, mais n'arriverait pas à aller plus vite.

– Dès qu'on sort, tu pars devant, déclara-t-il. Je te rattrape.

– Tu es sûr ?

Elle n'avait aucune envie de l'abandonner.

– Le train de Ben est peut-être déjà là…

Cela suffit à la convaincre. Tout se jouerait dans quelques minutes.

– Je t'aime, tu sais ? murmura-t-elle avant de l'embrasser pour l'empêcher de répondre.

Les portes de l'ascenseur s'ouvrirent. Chloé se mit à courir aussi vite qu'elle le pouvait.

Florent sourit en secouant la tête. Il tenta de faire un pas hors de la cabine, mais dut retenir un hurlement de douleur lorsque son pied toucha le sol et qu'une vibration remonta le long de son dos. Il expira profondément, puis entreprit de lever l'autre pied.

Il fit de son mieux pour sortir avant que les portes ne se referment.

Chloé gagna le tableau des départs. Elle chercha frénétiquement le numéro du quai du prochain train pour la capitale.

« Voie C ! »

Elle reprit sa course en bousculant des voyageurs avec leurs valises, s'excusant à la volée sans ralentir. La vie de Ben dépendait de ce train. Il ne devait pas monter à l'intérieur.

Soudain, elle aperçut les blouses blanches des infirmiers. Ben et son escorte grimpaient l'escalier qui menait au quai. Le docteur ouvrait la marche, cette fois-ci. La mine conquérante. Le groupe attirait tous les regards des badauds qu'il croisait.

Ben, toujours entre les infirmiers, gardait la tête haute. Ses convictions se renforçaient depuis qu'il était monté dans l'ambulance : la seule façon de changer le monde ne tenait pas à une pilule, mais à la vérité.

Il scruta la foule autour de lui. S'il voulait servir d'exemple et révéler tout le mal dont était capable une aura bleue, il devait bien choisir son moment. Ne pas flancher. Et surtout, surtout, rester convaincu du bien-fondé de ses actions.

La gare était conçue de telle façon que des portails de scan n'étaient présents que sur les quais, à différents endroits, pour séparer l'accès aux voitures en fonction de la couleur de l'aura. D'immenses vitres en Plexiglas encadraient un long couloir entre la voie C et la voie D. Les voyageurs, les yeux sur leur billet de train et sur les repères des poteaux, avançaient jusqu'au portail correspondant à leur voiture. Chloé monta l'escalier quatre à quatre. Si elle rejoignait Ben trop tard, il serait du côté des bleus, séparé d'elle par une vitre.

– Ben ! hurla-t-elle.

Le jeune homme se retourna d'un coup. Avec les deux colosses qui l'empêchaient de faire demi-tour, il voyait à peine son amie. L'un des infirmiers l'obligea à avancer. Un éclair de lucidité traversa l'esprit du garçon. C'était le moment.

– Sors ton portable ! cria-t-il à Chloé. Filme-moi ! Avec l'appli Aura ! Je ne finirai pas comme le poisson.

Elle dégaina son téléphone en continuant de courir, actionna l'application et pointa la caméra du portable sur son ami. Du coin de l'œil, elle s'aperçut que d'autres spectateurs réagissaient de la même façon, sans doute à cause de la présence étrange des infirmiers armés.

L'aura bleue irradiait autour de Ben, visible malgré celle des deux infirmiers qui le forçaient à marcher.

– Il faut des actes pour marquer les esprits, lança-t-il.

Pour la première fois depuis longtemps, l'expression « bombe à retardement » jaillit dans l'esprit de la jeune fille, consciente du désespoir qui émanait de son ami.

Peysson comprit trop tard que Ben tentait quelque chose. Il fit deux pas en arrière, se préparant à lui administrer les sédatifs prévus pour le voyage.

L'un des infirmiers entoura Ben de ses bras pour le pousser dans la bonne direction.

Le jeune homme n'avait plus rien à perdre. Il avait amené l'infirmier à se mettre exactement dans la position qu'il voulait. Celle où il pouvait attraper le revolver qui dépassait du holster avant que le colosse ne réagisse.

En moins d'un battement de cils, Ben saisit l'arme et pivota pour la pointer sur le Dr Peysson.

– Non ! hurla Chloé, qui filmait toujours.

Mais Ben tira aussitôt. L'homme désarmé le ceintura, déviant son tir. La balle manqua le docteur. Une tache rouge imprégna la blouse d'un autre infirmier, qui s'effondra sur le quai de la gare. Les voyageurs, choqués, crièrent et s'enfuirent le plus loin possible. Ils ne se sentaient pas à l'abri, même derrière les vitres.

La main de Chloé tremblait autour de son téléphone. Sur l'écran, le bleu de l'aura de Ben était toujours là, aussi vif que quand il était sorti de la clinique.

– C'est le sentiment de culpabilité ! s'écria Ben, comme l'avait fait Chloé avant qu'il entre dans l'ambulance. C'est ça qui fait basculer !

Il réussit à se dégager de l'étreinte de l'homme qui tentait de le désarmer. Ben pointa à nouveau le revolver sur Peysson, qui n'avait pas quitté des yeux son employé, mort à ses pieds. Mais, cette fois-ci, Ben n'eut pas le temps de tirer. Deux détonations résonnèrent simultanément et le jeune homme s'écroula.

Le halo de son aura disparut.

24. Retour

Les jambes de Chloé se dérobèrent sous elle. Elle se retrouva à genoux, le portable toujours dirigé vers le corps de son ami. Des larmes roulèrent sur ses joues.

– Chloé !

Florent grimpait l'escalier, à moitié à quatre pattes. La douleur de son dos n'avait plus d'importance. Quand il avait entendu les coups de feu, il avait recouvré une énergie qu'il ne soupçonnait pas avoir.

Il rejoignit Chloé et l'entoura de ses bras. Alors, seulement, elle appuya sur le bouton pour arrêter de filmer. Ses sanglots redoublèrent tandis qu'elle enfouissait son visage dans le cou de son amoureux.

Florent, le cœur battant, découvrit enfin l'horreur de la scène. Les deux corps, celui de Ben et celui de l'infirmier, baignaient dans deux flaques de sang distinctes qui tendaient à se rejoindre. Le Dr Peysson, livide, discutait avec les trois infirmiers encore debout.

Au loin, on entendait les policiers en faction dans la gare accourir à grand bruit de bottes.

– Ne restons pas là, murmura Florent à Chloé.

– Il a dit qu'il ne finirait pas comme le poisson… Il ne voulait pas mourir disséqué.

La jeune fille reprenait peu à peu ses esprits. Elle s'efforçait de comprendre ce qu'avait tenté Ben.

– Il m'a demandé de le filmer… il voulait que le monde entier voie qu'une aura bleue pouvait commettre des meurtres sans basculer… Et il voulait le faire en public pour que sa parole ne soit pas mise en doute. Pour que le message autour de la culpabilité passe vraiment.

– Alors il faut diffuser les images, affirma Florent. Et il faut le faire vite, avant que d'autres n'essayent d'étouffer l'affaire.

Il ne quittait pas Peysson des yeux de peur que le médecin ne s'en prenne à sa copine.

Chloé pianotait déjà sur son téléphone pour envoyer la vidéo sur tous les réseaux sociaux, en demandant à ses amis de la partager en mémoire de Ben.

Du coin de l'œil, Florent aperçut des voyageurs qui tripotaient leur portable de la même façon. Ils avaient filmé, eux aussi.

Un groupe de policiers passa devant les deux adolescents assis par terre, sans s'intéresser à eux : ils visaient en priorité Peysson et ses infirmiers, à qui ils confisquèrent leurs armes sans attendre.

Sur la voie C, le train à destination de la capitale était annoncé. Les témoins de la fusillade allaient partir. Un policier appela dans un talkie-walkie et les haut-parleurs diffusèrent une annonce spéciale :

– En raison d'un incident voie C, le train 8850, départ 11 h 30, sera retardé de quelques minutes. Merci de votre compréhension.

Le train entra en gare. Les voyageurs montèrent à bord. Deux policiers passèrent les portails de scan et commencèrent à interroger les témoins.

Un groupe d'intervention médicale se pressait autour des deux morts. Voyant qu'ils ne pouvaient plus rien faire, ils délimitèrent un périmètre protégé en attendant le médecin légiste dépêché sur place. Des renforts de police arrivèrent. Peysson et les infirmiers furent emmenés pour un interrogatoire plus poussé au commissariat de la gare.

Un homme en uniforme, avec un calepin à la main, s'accroupit près de Florent et Chloé.

– Bonjour, jeunes gens. Est-ce que l'un de vous est blessé ?

Ils secouèrent la tête. Le policier comprit que les larmes de Chloé ne venaient pas du choc d'avoir vu quelqu'un mourir sous ses yeux, mais de la perte d'un ami.

– Vous le connaissiez, n'est-ce pas ?

Florent, la gorge nouée, avoua qu'ils étaient venus pour sauver Ben. Que les infirmiers armés l'emmenaient contre sa volonté pour lui faire du mal. Chloé assura que, si Ben avait tué un homme, ce n'était que pour se défendre contre ses ravisseurs. Et que ceux-ci l'avaient éliminé.

Chloé toucha l'écran de son portable et le montra à l'homme en expliquant :

– J'ai tout filmé.

Sur les images, l'aura bleue de Ben irradiait autour de lui tandis que sa voix lançait : « Il faut des actes pour marquer les esprits. »

En l'entendant, Florent fondit en larmes à son tour. Il réalisait tout juste que ce corps inerte devant lui, dans cette mare de sang, était bien celui de son meilleur ami, à qui il n'avait pas pu dire au revoir.

Chloé lui caressa le dos. Florent se recroquevilla entre les bras de la jeune fille.

– Je vais avoir besoin de cette vidéo, affirma le policier d'une voix blanche.

Ce qu'il voyait contredisait tout ce qu'on lui avait appris sur les auras rouges et bleues, sur le potentiel criminel des uns et la vertu des autres.

– Bien sûr, acquiesça Chloé, prête à coopérer pour que le sacrifice de Ben ne reste pas vain. Mais vous me rendez mon téléphone après, hein ?

* * *

Les policiers les laissèrent s'en aller. Chloé et Florent retrouvèrent la mère de ce dernier, qui les embrassa tous les deux. Les rumeurs sur la fusillade et ses causes circulaient partout dans la gare. Même ceux qui n'avaient rien entendu ou qui étaient arrivés après cherchaient sur Internet, *via* leurs smartphones ou leurs tablettes, pour comprendre ce qui venait de se passer. La mère de Florent eut la peur de sa vie en visionnant à son tour les images prises par Chloé.

– Je n'aurais jamais dû vous laisser affronter ça tout seuls, s'excusa-t-elle.

Tandis qu'ils marchaient tous les trois – Florent au milieu des deux femmes, qui le soutenaient – Mme Bertin demanda s'il fallait prévenir les parents de Ben.

– Il vaut mieux qu'on leur dise, non ? S'ils tombent sur les images sans être au courant… ça sera encore plus dur pour eux.

Chloé ne se sentait pas le courage de les appeler. Une boule de tristesse nouait toujours sa gorge et son estomac. Florent n'était pas beaucoup plus vaillant.

– OK, je vais le faire, consentit Mme Bertin. Si j'étais à leur place, j'aimerais qu'on me le dise avant que la télé ou la police ne vienne m'interroger.

* * *

Dans la voiture qui les ramenait en banlieue, Chloé consulta le nombre de visionnages de sa vidéo. Déjà plus de dix mille vues.

Le chiffre lui parut complètement irréel. Pourtant, il ne cessait d'augmenter chaque minute.

« C'est bien, se dit Chloé, la vérité se fait entendre. »

Elle éprouva une pointe de culpabilité de n'avoir pas réussi à sauver son ami. Puis songea que son aura devait se teinter de rouge au même moment. Elle retint son souffle. Voulait-elle se débarrasser de ce sentiment pour autant ?

« Non. C'est aussi ce qui fait de moi un être humain. »

Une nouvelle version de la vidéo apparut en ligne. Chloé la visionna, rendue inquiète par le titre qui contenait le mot « hoax ». En effet, l'aura bleue de Ben avait été surcolorisée en rouge juste après le meurtre de l'infirmier.

– Les salauds, grommela-t-elle.

Elle s'excusa de sa grossièreté auprès de la mère de Florent en expliquant ce qu'il se passait.

Mme Bertin jura, elle aussi, et bien plus grossièrement que Chloé.

Florent murmura :

– Vous pensez qu'il est mort pour rien ?

Personne n'osa lui répondre.

Un silence gêné grandit dans la voiture. Chloé gigota soudain sur son siège, mal à l'aise, car ils approchaient de chez elle. Avec tout ça, elle avait oublié qu'elle avait été mise à la porte par ses parents.

« Je dois leur parler », songea-t-elle, même si elle n'avait aucune envie de se retrouver confrontée à leur jugement.

– Madame Bertin… ça vous embête de me déposer chez moi ?

– Non, bien sûr ! Tu me guides ?

Chloé lui indiqua le chemin, sentant son cœur battre de plus en plus vite en redoutant la réaction de ses parents.

– Tu es sûre ? lui demanda Florent d'une voix douce.

Chloé bredouilla, incertaine, et le garçon expliqua à sa mère :

– Ses parents n'ont pas voulu venir la chercher, hier, après l'agression à l'arrêt de tram… Ils ont menacé de la mettre à la porte si elle basculait, et…

Il se tut.

– Je ne suis pas encore rouge à cent pour cent. Mais je culpabilise de ne pas avoir sauvé Ben, alors ça ne devrait pas tarder.

– Tu n'as pas à t'en vouloir ! la raisonna Florent. Tu ne lui as pas mis l'arme dans les mains, tu as fait le maximum pour le retrouver et essayer de le sauver. Franchement, s'il y a une personne qui ne devrait pas regretter ses actes, c'est toi.

– Dis ça à mes parents. Ils ne croiront jamais à l'histoire du sentiment de culpabilité. Pour eux, les rouges sont et resteront mauvais.

– Je vais t'attendre, proposa Mme Bertin. Si jamais tu ne te sens pas en sécurité chez toi, prends quelques affaires et viens à la maison.

Son fils rougit jusqu'aux oreilles.

– Nous avons un très bon canapé, insista-t-elle lourdement pour ne pas avoir l'air d'encourager leurs éventuelles relations sexuelles.

– Oh ! Merci. Merci.

Un poids quitta la poitrine de la jeune fille. Si les Bertin lui ouvraient leur porte, les jours à venir semblaient moins sombres.

– C'est là.

La mère de Florent se gara et coupa le moteur.

– Prends ton temps. On ne bouge pas.

Chloé la remercia une fois de plus. Elle se retint d'embrasser Florent avant de quitter la voiture. Le pauvre avait encore trop mal au dos pour se contorsionner dans l'habitacle, même pour un baiser.

La jeune fille souleva le portail pour ne pas qu'il grince. Vieux réflexe. Elle sortit son trousseau de clés en essuyant ses joues salies par les larmes versées depuis la mort de Ben. Elle renifla un peu, inspira un grand coup, puis ouvrit la porte de la maison.

– Papa ? Maman ? C'est moi.

25. Débats

Les parents de Chloé regardaient la télévision dans le salon. Ils se tournèrent vers elle, l'examinèrent des pieds à la tête, puis de la tête aux pieds, chacun avec sa petite moue désapprobatrice.

La jeune fille se rendit compte qu'elle retenait sa respiration depuis qu'elle était entrée. Soudain, la voix de Ben déclarant qu'il fallait des actes pour marquer les esprits émana du poste.

Chloé avança à petits pas sans quitter des yeux ces images qu'elle connaissait par cœur.

– C'était mon ami, avoua-t-elle en retenant une nouvelle vague de larmes.

Son père fronça les sourcils. Il posa une main sur le genou de sa femme pour l'empêcher de parler, laissant Chloé raconter son histoire.

À la télévision, le visage du Dr Peysson, en arrière-plan, était isolé et grossi, puis son intervention de la veille où il annonçait avoir réussi à inverser une bascule fut diffusée à son tour.

– Ben était… il était rouge quand je l'ai rencontré. Complètement rouge. On était dans la même classe. Un jour, il a disparu. J'ai découvert que le Dr Peysson l'utilisait pour son programme de recherches médicales. Tu sais, maman, celui où je n'ai pas pu aller ? Mais là-bas les méthodes étaient… bref. Ils l'ont torturé.

– C'est pour ça qu'il est redevenu bleu ? demanda sa mère en brisant le silence.

Elle voulait tellement avoir tout compris, avoir raison.

– Non. C'est une psychiatre, le Dr Marot, qui a trouvé d'où venait la bascule : d'une forme de culpabilité profonde. Je ne sais pas comment elle a fait, mais elle a retiré celle de Ben. Celle qui le rendait rouge. Il est redevenu bleu…

Chloé tourna la tête vers la télé, où des « experts » débattaient de l'authenticité des images, de la véracité des déclarations de Ben et de ce que cela impliquait.

– Ben voulait prouver qu'une aura bleue pouvait commettre les pires atrocités sans basculer. J'aurais préféré qu'il trouve un autre moyen.

– Alors, c'est vrai ? murmura son père. C'est une question de remords ?

Chloé acquiesça.

– Je ne suis pas devenue mauvaise en changeant, papa. Et vous n'êtes pas plus vertueux que les autres. Ce qui nous différencie, c'est notre aptitude à nous en vouloir ou non.

– Mais, enfin ! Si quelqu'un culpabilise, c'est qu'il a fait quelque chose de mal ! s'emporta Mme Fournier.

Chloé lui adressa un regard noir.

– Je connais un garçon qui a basculé parce qu'il n'avait pas assez révisé à un examen ! Tu crois vraiment que ça en fait un meurtrier en puissance ? Et la façon dont tu m'as traitée, toi ? Tu n'as jamais éprouvé le moindre remords ? Me frotter les mains presque jusqu'au sang, me laisser me débrouiller après m'être fait agresser ? Tu crois que je me sentais comment, à l'hôpital, quand j'ai su que vous ne viendriez pas me chercher ?

Elle se rendit compte qu'elle criait presque.

– Si vous ne voulez plus de moi ici, je partirai, conclut-elle d'un ton dur.

Sa voix se brisa soudain.

– Mais vous êtes mes parents… J'ai… j'ai besoin de vous. J'ai besoin que vous soyez là pour moi, que vous m'aimiez… comme je vous aime.

Ses larmes se déversèrent à nouveau sur ses joues.

Sa mère, sous le choc, ne bougea pas du canapé. Par contre, son père se leva et la prit dans ses bras.

– Chut. Ma petite fille. C'est fini. Tu sais bien que nous t'aimons.

Il lui caressa les cheveux, l'embrassa sur le front et reprit d'une voix apaisante :

– Tu viens de traverser quelques jours difficiles, et cette découverte sur le sentiment de culpabilité modifie bien des choses. Laisse-nous le temps de nous faire à l'idée, d'accord.

Chloé n'exigeait rien de plus : un câlin sincère et la promesse que les choses pouvaient changer.

– Mais, Fred..., fit la voix glaciale de Mme Fournier.

– C'est notre fille, gronda-t-il. Et je ne sais pas, toi, mais moi je ne suis pas fier de l'avoir abandonnée quand elle avait besoin de nous !

– Tu... tu t'en veux, papa ? demanda faiblement Chloé en espérant comprendre ce que cela impliquait.

Mme Fournier dégaina son smartphone pour scanner son mari. Un liseré violet teintait peu à peu le contour de sa silhouette.

Le père de Chloé mit fin à cette étreinte et se tourna vers sa femme.

– Tu n'as jamais ressenti ça, n'est-ce pas ? La culpabilité ? Tu as toujours été persuadée d'agir pour le mieux en toutes circonstances... Mais voilà : tu t'es trompée. Je me suis trompé. Nos parents nous ont élevés sur de mauvaises bases. Tu te souviens de ce procès, il y a quelques années, du type à l'aura bleue qu'on soupçonnait d'avoir abusé de petites filles ? Il s'en était sorti à cause de son aura.

Les yeux de la mère de Chloé s'agrandirent d'horreur.

– Tu veux dire qu'il était vraiment coupable ? Et qu'on l'a laissé en liberté...

– ... parce qu'il n'était pas rouge. C'était sa seule qualité. Tout l'accusait pourtant, mais les jurés avaient les mêmes *a priori* que toi.

Mme Fournier croisa les bras en faisant « non » de la tête.

– Et tous ces patrons qui délocalisent et licencient, continua son mari. Qui traitent leurs employés comme des moins que rien, comme des chiffres dans une colonne, et qui empochent toujours plus d'argent chaque année ? Tu ne vas pas me dire qu'ils sont tous vertueux ? Non... ils vendraient père et mère pour quelques actions supplémentaires. Et les politiques ? Ceux dont on découvre, des années après, les intrigues et les malversations pour garder le pouvoir ? Ils sont capables d'écraser les autres sans remords ni regrets... Voilà, c'est bien ce dont il est question : ils ne culpabilisent jamais. Ils se croient dans leur bon droit ! Ça explique leur aura bleue, dont ils sont si fiers !

Mme Fournier se renfermait, incapable d'admettre qu'elle avait tort. Elle avait rejeté sa fille, et maintenant son mari changeait, lui aussi.

– Moi, je suis prêt à avouer que je ne savais pas vraiment ce qui faisait basculer, lui dit encore le père de Chloé. Et tu as vu ce gamin à l'aura bleue tuer un infirmier sans devenir rouge…

– Peut-être qu'il n'en a pas eu le temps. Peut-être qu'il aurait basculé plus tard. Ou que c'est faussé parce qu'il avait l'aura rouge avant. Ce n'était pas une vraie aura bleue, ça ne compte pas !

M. Fournier soupira.

– Réfléchis-y. En attendant, Chloé restera ici.

La jeune fille en profita pour s'éclaircir la gorge.

– Je… vais dire au revoir aux amis qui m'ont raccompagnée, annonça-t-elle.

Puis elle se dirigea vers la porte d'entrée sans attendre de réaction de ses parents.

Une fois dehors, elle aspira une grande bouffée de l'air qui fraîchissait vite maintenant que la nuit était tombée.

Un maigre sourire étira les coins de sa bouche. Son père était de son côté ! S'il pouvait devenir moins étroit d'esprit, alors les plus réticents finiraient par comprendre, eux aussi.

Chloé courut jusqu'à la voiture, choisissant d'abord d'aller remercier la mère de Florent.

Celle-ci ouvrit sa portière et sortit.

– Alors ?

– C'est bon, on a pu discuter. C'est pas encore gagné gagné, mais je peux rester.

Mme Bertin lui ouvrit les bras en souriant. Chloé s'y blottit, heureuse de ce soutien.

– Merci pour tout.

– C'est bien, que tes parents t'aient écoutée, murmura la mère de Florent. J'espère que vous communiquerez mieux, maintenant.

– On verra.

– En tout cas, tu es la bienvenue chez nous quand tu veux.

Mme Bertin la lâcha, mais serra encore ses deux mains avant de la libérer complètement.

Chloé fit le tour de la voiture. Florent avait réussi à sortir et à se mettre debout en se tenant à la portière.

– Tu… je…

– Repose-toi, Florent, lui dit-elle d'une voix douce en se plantant en face de lui. Je viendrai te voir demain, après les cours.

Elle ajouta précipitamment à l'intention de sa mère :

– Pour lui donner les leçons qu'il va manquer !

– Bien sûr, approuva Mme Bertin avec un sourire, pas du tout dupe, et les laissant se dire au revoir.

– J'aurais adoré que tu viennes dormir à la maison, chuchota le garçon à l'oreille de Chloé.

Elle rougit autant que lui. Ce n'était pas la gêne qui enflammait ses joues, mais l'envie d'étreintes à venir, le désir de reprendre leurs caresses là où ils s'étaient arrêtés, d'aller un peu plus loin, à leur rythme, et de passer une nuit dans les bras l'un de l'autre.

Chloé approcha sa bouche de celle de Florent et lui murmura, juste avant de l'embrasser :

– Quand ton dos ira mieux.

Leur baiser enflamma leur ventre d'une bouffée de plaisir.

Ils se séparèrent à regret en se promettant de s'appeler si l'un manquait trop à l'autre.

Quand Chloé se retourna en direction de la maison, elle vit la silhouette de sa mère à la fenêtre de la cuisine.

« La connaissant, elle a scanné Florent et sa mère. »

La colère lui fit serrer les poings.

« Un jour, se promit-elle. Un jour, elle changera… ou je partirai pour de bon. »

Alors qu'elle refermait la porte d'entrée derrière elle, sa mère lui adressa son regard désapprobateur habituel.

– Ce garçon a mauvais genre, décréta Mme Fournier.

Chloé leva les yeux au ciel, mais ne put s'empêcher de sourire.

« Au moins, il y a du progrès, pour une fois elle n'a pas mentionné son aura ! »

26. Enterrement

L'infirmière du lycée mit en place une permanence d'écoute pour les élèves qui avaient besoin d'un soutien psychologique après la mort de Ben. Le lycée avait été durement touché par les images qui passaient en boucle à la télévision ou sur Internet. M. Vanier, le proviseur, fit un discours pour condamner les raisons qui avaient poussé Ben à tuer un être humain, mais il demanda tout de même d'observer une minute de silence au début de chaque cours pendant toute une journée à la mémoire de l'élève disparu tragiquement. L'école endeuillée prolongea cet hommage à Ben plusieurs jours.

De nombreux élèves et leurs parents se rendirent à l'enterrement. Les professeurs dirent tous un mot sur leur élève. Le père de Ben ne semblait presque pas touché par la mort de son fils. Il masquait ses émotions pour tous les inconnus massés autour de lui. La mère de Ben, elle, sanglota pendant toute la cérémonie, indifférente à la présence de la foule.

Le cercueil, fermé, dissimulait le corps abîmé du garçon. Chloé, Florent et leurs amis doutèrent que Ben soit bien à l'intérieur. Quand le petit groupe sortit de la maison funéraire, Sophie, convaincue qu'on leur mentait, déclara :

– Je vous parie que des scientifiques gardent son corps pour l'examiner.

Jodie, qui s'était montrée brave jusque-là, fondit en larmes quelques secondes plus tard. Elle se jeta dans les bras de Chloé pour marmonner de nouveaux reproches envers Ben.

– Il aura été salaud jusqu'au bout ! Nous quitter comme ça… quel égoïste !

Tous comprirent que sa colère forcée masquait sa peine et le béguin contre lequel elle ne pouvait rien.

À un moment, le père de Ben s'énerva contre un homme qui venait lui présenter ses condoléances. Il l'empoigna par le col et le fit voler un mètre plus loin en lui hurlant de s'en aller. Cet incident brisa la carapace qu'il s'efforçait de maintenir face aux autres. Le père dévasté d'avoir contribué à la mort de son fils apparut pendant quelques secondes avant d'être à nouveau enfoui sous un visage impassible.

Les adolescents suivirent des yeux l'inconnu qui avait provoqué cette réaction chez le père de Ben. Ils constatèrent que l'homme saluait l'infirmière – comme s'il la connaissait bien – avant de claudiquer vers la sortie du cimetière.

– C'est qui, ce type ? demanda Chloé.

– Sa tête me dit quelque chose, répondit Alice, réfléchissant. Il n'était pas à la manif ?

– Si ! confirma Sophie. C'est lui qui tenait le porte-voix pour Manepma !

Florent avait un peu moins mal au dos, mais il ne pouvait pas rester debout bien longtemps. Il s'assit sur un banc, bientôt imité par les filles, sauf Chloé, qui fronçait les sourcils sans quitter du regard la direction dans laquelle l'homme avait disparu.

– Va poser la question à l'infirmière, suggéra Florent. Sinon, ça va te hanter pendant des jours.

La jeune fille acquiesça puis s'éloigna du groupe à grandes enjambées.

– Excusez-moi, heu…

– Oui ? demanda l'infirmière avec un sourire triste en reconnaissant Chloé.

– Cet homme, là, il fait partie de Manepma, n'est-ce pas ?

L'infirmière soupira.

– C'est lui qui a proposé le dossier de Ben au Dr Peysson, avoua-t-elle. Tout cela partait d'une bonne intention, et je suis sûre qu'il ne se doutait pas des conséquences…

Chloé se demanda comment cet homme devait se sentir. Il avait voulu aider Ben à redevenir bleu, et ça avait fonctionné. Bien sûr, il n'imaginait pas que le jeune homme serait torturé, ni qu'il finirait par tuer quelqu'un, avant d'être abattu…

« Les choses changent, maintenant. Grâce à Ben. »

Plus loin dans la foule, le Dr Marot parlait avec Cindy et quelques autres adultes vêtus de noir. Chloé tendit l'oreille tout en rejoignant son groupe d'amis.

La psychiatre expliquait qu'elle avait fini par être libérée par des collègues, après l'annonce de l'arrestation de Peysson. Elle avait quitté son poste et témoignerait contre son ancien patron dans le procès qui ne manquerait pas d'avoir lieu. Elle allait également être entendue par les autorités scientifiques sur ses travaux autour du sentiment de culpabilité. Mais elle ne s'en réjouissait pas : la mort de Ben la touchait sincèrement.

Les adultes évoquèrent la situation politique inédite qui soulevait le pays : une rumeur disait que le président lui-même commençait à basculer. Les lois de discrimination à l'embauche n'étaient plus à l'ordre du jour, et il était question de démonter les portails de scan des lieux publics.

Cindy annonça que, dans certaines grandes villes, le taux d'auras rouges enflait de façon importante, à mesure que la prise de conscience des causes de la bascule gagnait les esprits. De nouvelles associations se montaient pour dénoncer les mauvais traitements sur les auras rouges : la découverte d'une école maternelle spécialisée qui pratiquait les électrochocs sur les enfants pour empêcher toute violence de leur part fut le premier scandale révélé au grand jour.

– Hélas, ce ne sera pas le dernier, affirma le Dr Marot.

– Vous avez entendu l'annonce du ministère de la Justice au sujet du réexamen de dossiers sensibles ? s'enquit quelqu'un. La plupart concernent des affaires où les suspects ont été acquittés en grande partie à cause de leur aura…

– C'est une bonne chose, déclara Cindy en hochant la tête.

Les paroles perdirent leur clarté, puis Chloé fut définitivement hors de portée de voix. Dès qu'elle arriva près du banc, elle raconta à ses amis ce que lui avait dit l'infirmière. Ils se fendirent tous d'un commentaire pour évaluer l'implication de cet inconnu dans la mort de Ben.

Un long silence finit par envelopper le groupe. C'est Jodie qui le brisa, en demandant à Florent quand il comptait revenir au lycée.

– Lundi prochain, assura-t-il. Je serai encore dispensé de sport, et ma mère m'emmènera en voiture pour que je ne prenne pas le tram, mais ça devrait aller. J'en ai marre d'être coincé chez moi. Et puis vous me manquez, toutes.

Il s'adressait à l'ensemble de ses amies, mais ses yeux ne quittaient pas Chloé, qui répondit en souriant :

– Tu nous manques aussi, tu sais.

Chacun traversa le week-end, maussade et pluvieux, sans sortir de chez lui. Les amis se connectèrent aux tchats par habitude, mais ils n'échangèrent que des platitudes sans intérêt. Tout semblait étrange. Comme si le monde avait explosé et que les débris n'étaient pas retombés aux bons endroits. Il fallait réapprendre à vivre autrement. À penser autrement.

En fouillant dans la mémoire de son téléphone, Chloé retrouva la photo qu'elle avait prise lors de la rentrée, en cours de SVT. Florent et Ben, souriants, qui faisaient les idiots en posant pour elle. La nostalgie de ces jours insouciants submergea la jeune fille. Qu'ils étaient beaux, tous les deux. Pleins de vie. Et leur aura rouge irradiait autour d'eux comme si leur cœur renfermait de la lave en fusion.

Chloé hésita, puis elle envoya la photo à Florent et à Jodie avec un petit message : « On n'oubliera jamais notre entrée en seconde 2. »

Le lundi matin, la pluie s'arrêta quand Chloé sortit du tram. Elle avança avec les autres élèves sur le trottoir mouillé et constata avec un soulagement étrange que deux techniciens, debout sur des échelles, démontaient le portail de scan de l'entrée du lycée.

M. Vanier supervisait les opérations depuis le sol, en tenant un parapluie replié.

– Une bonne chose de faite, grommela-t-il pour lui-même.

Pour un lycée qui prônait la mixité, le portail de scan n'avait de toute façon aucune raison d'être.

Chloé sentit son cœur se serrer quand elle passa pour la dernière fois sous l'arche. Elle avait perdu l'aura bleue qu'elle chérissait tant et ne la retrouverait probablement jamais. Dans un sens, elle regrettait presque le temps où un simple scan suffisait à affirmer qu'elle était quelqu'un de bien. Mais elle avait vu ce que cela faisait d'être du mauvais côté de la barrière. Et elle ne souhaitait ça à personne.

« À présent, les actes seront plus importants que la couleur », songea-t-elle.

Alors qu'elle descendait la pente douce qui menait à l'entrée du préau, elle sentit une main glisser le long de sa taille.

– Salut.

Florent.

Chloé se serra contre lui pour qu'ils fusionnent en une seule entité marchant d'un même pas.

Mû par une idée soudaine, le garçon l'empêcha de continuer jusqu'au préau : il la guida vers le chemin que personne ne prenait jamais, celui qui contournait le lycée par la pente la plus longue.

– Qu'est-ce que tu fais ? demanda Chloé, amusée.

– Chut.

Il s'arrêta dès qu'ils furent hors de vue des autres élèves. Le cœur de Chloé palpitait de plus en plus vite. Jetant un regard à gauche et à droite, Florent s'assura que personne ne les dérangerait. Alors, il plaqua Chloé contre le mur du lycée et l'embrassa jusqu'à ce que le monde autour d'eux se trouble, puis disparaisse.

Composé par Nord Compo Multimédia
7, rue de Fives, 59650 Villeneuve-d'Ascq

Achevé d'imprimer
par Nouvelle Imprimerie Laballery à Clamecy
Dépôt légal : avril 2016. N° 130670-5 (109570)

Imprimé en France